GIGN, LES EXPERTS DU DANGER

MANUELLE CALMAT-DE GMELINE

GIGN, les experts du danger

Fiction

ROBERT LAFFONT

ISBN 978-2-221-10985-4

À mon mari, Vladimir
À mes enfants, Mathilde et Igor
À mes parents, Anne et Alain

Bien que tirés du réel, les histoires et les protagonistes de ce livre sont fictifs. Ainsi, toute ressemblance avec des personnes existantes ou ayant existé serait totalement fortuite...

Taillés pour l'exploit

Cinq capes en file indienne, hésitantes, s'accrochent au jour qui se dessine sur la lande. Un mélange de neige et de tourbe mouillée alourdit leurs pas. Le froid précoce a figé la nature. Les restes d'un poulailler indiquent l'entrée d'un vaste corps de ferme dans lequel ils n'iront pas se reposer. Saturés de fatigue, ils avancent, tant bien que mal, dans le blanc qui s'étale à perte de vue.

Les épaules, solides hier, flanchent ce matin sous le poids des sacs. Deux heures au plus, et les tests s'achèveront. Au départ, ils étaient une soixantaine, ils sont à peine moins de dix à encore tenir debout.

Pour devenir membres à part entière du GIGN [1], le Groupe d'intervention de la gendarmerie nationale, il

1. Groupe d'intervention de la gendarmerie nationale. Créé en 1973, suite à la dramatique prise d'otages de Munich en 1972, sous l'impulsion d'un jeune officier, le lieutenant Christian Prouteau, le GIGN s'est vu évoluer depuis peu. Initialement spécialisé dans la résolution de prise d'otages, de révoltes en milieu carcéral, de piraterie aérienne ou maritime, d'actes terroristes ou de grand banditisme, le Groupe opère depuis septembre 2007 une refonte, en englobant d'autres unités, telles que le GSPR (Groupe de sécurité de la présidence de la République), l'EPIGN (Escadron parachutiste d'intervention de la gendarmerie nationale) et le centre de formation. Viennent s'ajouter des missions de

leur reste la plus symbolique des épreuves : le tir de confiance. Un face-à-face avec le danger. Un moment qui scelle les destins individuels dans une aventure collective. Ils vont intégrer un corps d'élite qui, tel un amant exigeant, grignotera jour après jour leur existence. Tout ne sera pas rose. Ils feront des choix douloureux, ils iront à la rencontre de la misère humaine, de la folie, de l'impensable.

Le capitaine Christophe Keller les observe. Il y a quinze ans, il était à leur place. Taraudé par les mêmes doutes, il s'était fait les mêmes promesses. De semaine en semaine, le groupe 4 devient homogène, unique en son genre. Pas meilleur, pas moins bon. Un esprit s'en dégage, des silhouettes se précisent : Yann, surnommé « Mako », le nageur du groupe, Alex, l'ancien légionnaire, solide et rustique, Boris, dit « Sumo », ancien champion de Judo, Simon, la « Tronche » pour les intimes, Tom et Abel, les « Jumeaux », deux athlètes aussi véloces que futés. La relève est là. Autant de sang neuf pour les cinq cellules [1]. Chaque homme s'engage à passer au moins deux ans dans l'unité d'intervention, devenue mythique dans tous les esprits depuis la prise d'otages spectaculaire de Marignane [2]. Un savoir-faire qu'ils se transmettent de génération en génération. Des secrets bien gardés et le même sens du devoir.

---

protection, d'investigation et d'intervention à l'échelle internationale. Pour ce faire, les effectifs du GIGN ont plus que triplé, passant d'une centaine d'hommes à environ quatre cents.

1. FOR (Force observation-recherche), FSP (Force sécurité-protection), FI (Force d'intervention) et FAO (Force appui opérationnel).

2. Aéroport de Houari-Boumédiène, 24 décembre 1994 : l'équipage d'un airbus Alger-Paris est pris en otage par un commando du GIA (Groupe islamique armé). Quatre terroristes font décoller l'avion et se

Parmi le petit groupe qui vient de parcourir la cinquantaine de kilomètres, les jumeaux maintiennent le cap. Blessé à la cheville, leur chef, désigné en début d'épreuve, décroche d'heure en heure et compromet sérieusement la réussite de la mission… Tom et Abel hésitent entre deux options : le laisser à l'arrière, caché, ou le traîner coûte que coûte.

— On est en train de perdre trop de temps… Boris et Yann attendent qu'on leur fasse signe. On peut plus traîner. On n'est même pas encore arrivés à la carrière. Il faut le laisser à la lisière du sous-bois. Il va se planquer jusqu'à la fin de l'exercice… On s'en occupe après, chuchote Abel.

— OK. Mais pas question qu'il rentre dans la ferme. Il suffit d'un chien ou d'une poule, et on est repérés. Je vais aller lui parler.

Trois cents mètres les séparent du point de rencontre. Ils doivent surprendre une bande en plein échange.

Après huit semaines de mise à l'épreuve, les instructeurs ont décidé de tester une dernière fois leur capacité à gérer le froid, la fatigue, le stress et l'imprévu. Fondus dans le paysage, Keller et Bob, son chef de groupe « Instruction », scrutent les stagiaires et traquent la faute.

D'une oreille, Christophe Keller prend le pouls de la planète. Les mauvaises nouvelles du jour ronronnent dans la radio, coincées entre la pub et la météo. « Grand froid ce matin sur toute la France, excepté dans le sud, sud-ouest : les températures sont bien au-dessous de la moyenne et ne devraient gagner que trois à quatre degrés en fin de matinée, sauf sur la façade nord, qui bat des

---

posent à Marseille-Marignane. Après quatorze heures de négociations serrées, l'assaut est donné avec succès par les membres du GIGN.

records pour la saison », annonce le présentateur, d'une voix en toute saison ensoleillée…

« Ils en auront chié jusqu'au bout… », se dit Keller, un peu amusé.

Cette nuit ressemble à quelques autres qu'ils viennent de passer. Tom repense à ce camarade qui a rebroussé chemin, à quelques heures de la fin, en silence et sans signes avant-coureurs, juste en lâchant : « Basta, je m'casse. Ça le fera pas pour moi ! »

— Il n'attendait que ça… Mais qu'est-ce qui lui a pris à ce con ! Abandonner si près du but, qu'est-ce qui s'est passé dans sa tête pour qu'il décroche ! ressasse Tom.

— Il nous a mis dans la merde ! C'est tout ce qu'il faut voir, lui répond Abel, du tac au tac.

— Je suis sûr qu'il a mal vécu la sortie des marais. On était comme des cons, au garde-à-vous pendant des heures, les fringues mouillées. J'ai vu que quelque chose vrillait dans sa tête. Il a décroché à ce moment-là, j'en suis sûr…

— Zappe. Oublie-le. Y a rien d'injuste là-dedans. On est là pour en chier, pas pour faire du social. C'est dommage pour lui, mais ça ne change rien pour nous. Fais ce qu'on te dit, il sera toujours temps de réfléchir après.

L'heure n'est ni aux lamentations ni au bavardage. Tom vérifie une dernière fois que la voie est libre. Abel le retient par le bras.

— Attends ! Disparais pas, t'enfonce pas dans le sous-bois, c'est le meilleur moyen de se faire choper. On ne sait pas ce qu'il y a là-dedans. On reste en lisière. Je te laisse trois minutes, tu vas voir ce qui se passe, on se poste derrière le muret et on attend ton feu vert. Vérifie qu'on ne s'éloigne pas trop de l'axe. Si c'est RAS [1], on te rejoint un par un, je ferme la marche.

En fin stratège, Abel réfléchit déjà à la suite de la progression, pendant que son frère part en éclaireur.

« Deux ou trois coups d'avance..., c'est ça qui fera la différence... »

Des kilomètres avalés en courant, à petites foulées avec des sacs de onze kilos... Ramper dans la boue. S'extraire d'une buse étroite. Avoir froid. Porter des vêtements qui collent à la peau. Être trempés jusqu'aux os. Tom ne sent plus son corps. Il a renoncé à compter les blessures qui, au gré des nouveaux obstacles à franchir, s'endorment et se réveillent. La dernière en date : un mur breton et sa corde à « quatre liens », traîtreusement élastiques... La paume de ses mains est entamée jusqu'au sang. En s'élançant sur la paroi verticale, il a visé le haut pour éviter de trop tirer sur les bras et c'est le genou qui est venu heurter de plein fouet le béton. Ses premières phalanges ont tracté le poids de son corps. Il se demande encore comment il a trouvé la force de prendre appui sur ses pieds, pour passer de l'autre côté. Encouragé par ses camarades, il a fini le parcours dans un temps plutôt honorable. La marche de nuit n'arrange pas ses affaires. De grosses mottes de terre ralentissent sa progression.

« Tant que je suis chaud, mon genou tiendra... Et puis après... Aucune importance ! J'aurai intégré le groupe et j'aurai tout le temps de m'occuper de ma carcasse. »

En contrebas, Tom aperçoit la carrière qui s'étale sur plusieurs centaines de mètres, encore déserte.

« Plus de vent... La neige va peut-être nous aider. On va tenter de les surprendre, se dit son frère en vérifiant

1. RAS : Rien à signaler.

l'heure. H moins cinquante minutes, on n'est pas si mal. Boris ne va pas tarder à faire signe, il faut qu'on atteigne la zone rapidement. »

Les hommes se rassemblent autour de leur nouveau chef. L'autorité naturelle d'Abel impressionne tous ses camarades. Il avance, ne se retourne pas, enchaîne les étapes comme un joueur de Blitz qui ne regrette jamais le coup qu'il tente. Rapide mais réfléchi, il se trompe rarement. Il sait qu'il lui faut surprendre Keller et gagner son estime.

Malgré le terrain meuble et les lourds rangers, les traces sont déjà en train de disparaître. Moins discrètes qu'en début d'exercice, leurs semelles crissent sur la neige molle et trahissent une certaine impatience d'en finir. À quelque distance, le sifflement faible et haut perché de Tom indique que la voie est libre. La traversée doit se faire dans les grosses ornières, creusées par le passage répété d'un tracteur.

— Si on ne s'est pas plantés, on est sur zone juste de l'autre côté de la butte, renseigne Abel.

Par petits groupes, ils s'engagent à découvert sur une centaine de mètres. Un rideau de brume leur assure un camouflage idéal. Aucun ennemi en vue. Les plastrons se font discrets, observant de loin la progression des élèves. À la dernière balise, certains ont bien tenté d'éliminer les plus fragiles en proposant perfidement à chacun de venir se réchauffer autour d'un feu :

— Allez ! Cinq minutes de perdues, c'est du temps de gagné sur les autres. Pense aux heures qui te restent à te geler les couilles ! Un café bien chaud, et après tu vas carburer !

Dans leur sillage, des flocons de neige brouillent la campagne. Quelques nids s'accrochent, des arbustes çà et là font grise mine. Le peu de relief rend difficile une mise en place discrète. Exposé plein nord, le site offre pourtant quelques angles intéressants. Seule une paroi d'une vingtaine de mètres donne la possibilité d'installer un appui. Deux tireurs vont se poster en surplomb, ils se trouveront dos au soleil lorsqu'il se lèvera.

— Casser les silhouettes, ironise Abel, en repensant aux fondamentaux des techniques de camouflage. Comment casser une armoire à glace et la rendre invisible en plein hiver… Sans parler des parkas presque fluorescentes qu'ils nous ont collées ! Avec la neige et la réverbération, il y a plus discret… On dirait qu'ils l'ont fait exprès. Heureusement que Boris est dans le groupe d'assaut. Pour le reste, il va falloir jouer avec l'environnement que les mecs nous ont concocté.

— Plus un mot !

Les HF sont branchés et leur permettent de communiquer en toute discrétion.

— Même si on la boucle, on est quand même repérables à cent mètres, de vraies lucioles ! déplore-t-il.

L'avant-veille, Yann a failli tomber dans le guet-apens de ses instructeurs, pendant la mission « renseignements ». Le but de l'exercice était double : tester le sang-froid du candidat, mais aussi sa capacité à mémoriser les informations clés dans des conditions d'écoute difficiles.

— Une réunion importante entre trafiquants doit se tenir dans un pavillon de banlieue, en pleine nuit, avait annoncé Bob, responsable de la formation. Tu nous ramènes tout ce que tu peux. Tu ne te fais pas voir et tu ne traînes pas en route, compris ?

Objectif : récupérer les éléments qui vont permettre d'intercepter une grosse livraison d'armes dans les jours qui viennent. Depuis quarante-huit heures, et par précaution, le sous-marin[1] a quitté la rue. Des hommes se sont maintenus en planque dans un local municipal qui appartient aux Parcs et Jardins de la ville. Ils ont observé pendant vingt-quatre heures les va-et-vient dans la maison. Abel doit maintenant se fondre dans la cité endormie et repartir aussi discrètement qu'il est arrivé. Ayant repéré des chiens dans le pavillon de gauche, il opte donc pour celui de droite. La boîte aux lettres déborde de prospectus. Signe que les occupants sont sans doute absents. Au bout de l'allée, des tas de copeaux d'arbres coupés dissimulent un bout de grillage qui permet de passer la tête chez le voisin. Une faible lumière indique une présence dans la pièce du fond. Avant d'escalader le mur, il repère les angles d'observation et le meilleur repli en cas de besoin. Abel sait que ses faits et gestes sont décortiqués à distance et tente d'en faire abstraction.

Une maison surélevée… Plutôt que de se poster sous la fenêtre du salon, il opte pour un espace sous la terrasse. Il se glisse sans bruit dans le soubassement.

— Ça passe tout juste… Six semaines à en chier, ça a au moins un avantage…, on se faufile partout sans problème, constate-t-il.

À tâtons, il cherche les bouches d'aération.

— Excellent, c'est exactement ce qu'il me fallait ! Aucune isolation sonore, ça résonne comme dans une église…

Juste au-dessus de lui, des bruits de pas : on joue le conciliabule. La date, le lieu et l'heure, le véhicule à récupérer, les codes de transmission, le bon canal…

---

1. Une camionnette banalisée qui permet en toute discrétion de procéder à la surveillance rapprochée d'un suspect ou d'un groupe de suspects.

Abel en a assez entendu :

— C'est bon. Ce serait con de se faire choper. Ils pensent me trouver à l'arrière... C'est par l'avant que je vais m'arracher !

Il disparaît dans la nuit.

Aux premières heures du matin, les rôles sont attribués. Yann réalise qu'il a attendu le bon moment pour postuler. Quelques années plus tôt, il aurait été plus perso et moins discipliné. « Un chien de mer, un peu fou ce Mako ! » s'accordaient à dire tous ses amis.

— Il est souple, puissant, rapide comme un serpent, a remarqué Keller dès les premières épreuves. C'est un chef dans l'âme.

Quant à Tom, son passé de boxeur lui a fait marquer pas mal de points ces derniers temps. Ancien champion de Muay thaï, il a puni quelques malheureux candidats au test d'agressivité. « Un chat maigre », comme on dit dans l'armée, vif, résistant et souple, qui retombe toujours sur ses pattes.

— Ton palmarès est un plus, lui a dit Keller, mais certainement pas une raison suffisante pour te faire entrer au Groupe !

Plutôt que de jouer sur l'agressivité, Tom a appris à jouer de sa capacité à répondre graduellement à son adversaire. Une juste riposte proportionnelle au danger.

Yann, lui, s'est juré de franchir breveté les grilles de la caserne Pasquier [1]... En quittant son unité des Landes, après cinq années en brigade, il a troqué la mer pour une

1. En hommage à Raymond Pasquier, disparu lors d'un exercice (23 avril 1977). Ce jour-là, il effectuait un passage entre deux bâtiments, à quarante mètres du sol. Dans son livre *Mémoires d'État*,

cité HLM, sans charme. L'appel du Groupe a été plus fort. Depuis deux semaines, il lutte contre les effets secondaires des antidouleurs. Conscient de ce qui l'attend dans cette dernière demi-heure, il s'économise comme un apnéiste avant une plongée dans les profondeurs. Éveillé, juste ce qu'il faut, son esprit caresse un instant le souvenir d'une eau salée. Peu à peu, son corps se réchauffe. Une douce tiédeur envahit ses épaules nouées. Son corps s'alourdit. Yann sait qu'il ne doit pas fermer les yeux. À quelques mètres de lui, de l'autre côté du terrain, Boris guette le passage des instructeurs. Immobile, il attend l'action qui les sortira en une fraction de seconde de leur torpeur.

Tous les candidats en sont au même point, les sélectionneurs les ont voulus usés, au bord de la cassure, prêts à trébucher. Confiant, Boris se retourne de temps à autre pour croiser le regard sombre de « Mako ». Son visage est impassible. Ses yeux bleus n'affichent ni renoncement, ni doute. Une beauté froide et dure. Hors de portée des autres, Yann semble ailleurs pour le moment.

La veille, c'était au tour de Boris de passer un cap important. L'épreuve du plongeur. Une simple routine pour un nageur comme Yann, un mauvais moment à passer pour ce grand brun d'un mètre quatre-vingt-dix-huit, plus à l'aise en judo qu'en exploration sous-marine.

— Cette main, tu ne dois pas la louper. Pense à tes enfants et dis-toi que s'il le fallait, tu irais les chercher. Tu fais un beau canard et tu descends tranquille. En deux brasses tu y es, lui conseille Mako.

Christian Prouteau raconte le drame. Depuis sa création, le Groupe a perdu neuf hommes, dont deux en opération.

Boris s'est jeté dans la vase tout habillé. L'eau, à dix degrés, s'est engouffrée dans ses rangers, puis a glacé son dos.

— Beau canard ! Maintenant t'as pas le choix mon vieux, se dit Yann en comptant le temps qu'il reste immergé.

Boris refait surface, le visage détendu.

En le voyant remonter, Keller est persuadé d'une chose :

— Tant qu'on ne lui demandera pas de partir, il n'abandonnera pas.

De nouveau, dans le même groupe, Boris et Yann se réchauffent dans une des voitures récupérées sur le parking de la pompe à essence. Invisibles de la route, ils attendent les ordres d'Abel et le passage des faux trafiquants.

— Le rêve de ma vie ! Cassé, gelé, à bout de forces, Yann s'accroche.

Arrivé dans les premiers du classement, il ne pense plus qu'à une chose : terminer l'exercice. Nausées et crampes d'estomac le tenaillent depuis des heures : il ne lâche pas l'affaire.

— Équipe A, sur zone. Équipe B, est-ce que vous m'entendez ? chuchote Abel.

Boris saisit son talkie :

— Équipe B. Les bagnoles ne vont pas tarder...

— Bigot a jeté l'éponge... On a dû modifier les binômes... Chez vous y a de la casse ? demande Abel, soucieux.

— Mako ramasse à cause de son dos... Difficile de compter sur lui dans son état actuel... On a récupéré les deux caisses. On vous sonne dès que ça bouge... ça se présente comment ?

— On est en D-9. Une ancienne carrière, avec un seul accès. Tu prends le panneau qui indique une impasse. Au bout du chemin, en G-8, tu prends l'entrée. Simon est planqué dans le premier virage et Tom est posté cent mètres plus loin.

Yann scrute la route. Au loin, il repère un mouvement. Par précaution, les deux hommes baissent la tête.

— La première vient de passer ! Ils sont deux…

La radio se tait. Une seconde voiture ralentit, puis stoppe, sans couper le moteur. Un des deux occupants hésite à descendre, puis se ravise. Un coup d'œil vers le fond du parking. Aucune âme qui vive, ils repartent.

— OK. Abel de Boris. Les deux voitures sont en route. On les suit à distance. À vous de jouer !

— On vous attend pour bloquer la sortie.

Çà et là, quelques flocons absorbent les derniers rayons de lune. Simon fixe la route. Posté en amont à cinq cents mètres, il prévient Abel de l'approche de deux breaks. Cinq ans d'EPIGN[1] ont créé tous ses automatismes. Observer. Fixer le décor. « Détroncher » en quelques secondes. Personne n'a fait mieux que lui durant tout le stage de sélection.

Changé en statue de sel, il s'est fondu dans le paysage. Le terrain meuble lui permet de s'enfoncer dans un coin feuillu, propice au camouflage. Il renseigne. Invisible de la route. Grâce à ses jumelles à visée nocturne, il indique à Abel tous les signaux en provenance de l'axe principal.

1. EPIGN : Escadron parachutiste d'intervention de la gendarmerie nationale. Deux types de missions : la sécurité-protection et l'observation-recherche, en France et à l'étranger, ainsi que la lutte contre le terrorisme et la grande criminalité.

Une minute s'écoule, le départ d'une colonie de grives à la recherche de quelques escargots confirme ses impressions. Ça bouge de l'autre côté de la route. Deux véhicules tous feux éteints sont en approche. Un premier, gris métallisé, type Volvo break, vient de le dépasser, elle se dirige maintenant vers Tom, placé en « sonnette », le dépasse et vient se garer entre les deux carcasses de voitures. Le second, type 4 × 4, fait halte juste à l'entrée du site. À une vingtaine de mètres de Tom qui ne bouge pas une oreille.

— Équipe A, on s'enterre…, chuchote Simon dans les casques.

— On les a en visuel… Équipe A…, on ne bouge pas, ajoute Abel, dans un murmure presque inaudible.

— OK, la Tronche ! Équipe B, à trois cents mètres sur la route principale. On attend ton feu vert, précise Boris.

— Équipe B… statique. La voiture n° 2 s'engage. On patiente gentiment.

Les deux véhicules finissent par se garer près des épaves, cinq hommes en sortent, pas franchement calmes.

— C'est du bon boulot, pas de précipitation, constate le capitaine Keller qui connaît les lieux comme sa poche. Bon placement. Bonne répartition des rôles. Abel est un chef dans l'âme, il a ça dans le sang. Voyons maintenant l'option qu'il va choisir…

Pour l'occasion, il suit tous les échanges à la radio et juge la synchronisation des équipes.

De son côté, Abel observe la mise en place des instructeurs et renseigne l'équipe de Boris, censée empêcher la fuite des trafiquants :

— T'as un des nôtres à neuf heures, Alex à midi, et Abel à 3 heures. On est tous les deux en surplomb à quinze mètres. On a deux carcasses de voitures et un marais qui occupe pas mal d'espace. C'est vaste et on manque de mecs. Pour le moment, vous ne dépassez pas la Tronche, vous restez bien en retrait…

Au fond de lui-même, il sent que l'intervention est à haut risque pour ses hommes et tente de faire un point rapide.

— Pas de précipitation… On est en sous-effectif ! Deux abandons, un blessé dans une des voitures… On est trop light pour un assaut bien carré. Les mecs sont à notre portée… mais ils le seront demain, dans deux jours ou une semaine… On les a encore logés, on sait où les trouver…

Soudain, un homme de taille moyenne, en survêtement et grosse parka sort de son break et vient se placer à l'avant du 4 × 4. Le vendeur, plus vieux et plus calme le rejoint sans se presser. Prêt pour la transaction, chacun endosse son rôle.

— Tout est là ? demande-t-il un peu nerveux.

— Trois douzaines, dans deux caisses… Pour les M52, ça sera la prochaine fois. On avait dit trois têtes par HK[1] avec les bastos, t'as l'oseille ?

— Tu déconnes ? J'avais précisé que je ne suivais pas sans les grenades.

— C'est à prendre ou à laisser ! Je me casse… annonce le vendeur, faisant mine de remonter dans sa voiture.

— Je veux vérifier l'état de chaque calibre…

— Tu rigoles ! On va pas attendre de se faire ramasser par les condés.

1. Initiales du fusil « Helker et Koch ».

Le ton monte. Alex, au plus près des deux hommes, renseigne ses camarades sur l'ambiance…

— Les mecs n'ont pas lésiné sur les armes… Ils sont bardés de gros calibres à portée de main…

Spécialiste des combats en forêt, Alex pensait rester vivre en Guyane. Mais l'histoire familiale l'a rattrapé… Une partie de ses racines est en métropole, précisément dans ce Groupe mythique. L'intégrer, c'est renouer avec la mémoire de son père mort à l'entraînement. Jusque-là, il voulait faire table rase du passé, il sent pourtant qu'il pourrait accomplir de grandes choses dans cette nouvelle famille.

— Ça fait huit mois qu'ils me testent, je suis fait pour ça !

En arrivant à la caserne Pasquier, il a tout de suite eu le sentiment de retrouver sa maison. Keller avait repéré son nom sur les listes et lui a glissé deux mots dès son arrivée.

— Tu es le fils de Jean, mais ici, on n'hérite pas d'un droit d'entrée. On entre au mérite et c'est ce que je te souhaite de prouver.

En croisant son regard Keller a su qu'il était un guerrier. Les marches de « 8 », les parcours évasion et commando, le test d'agressivité…, toutes ces épreuves n'ont en rien entamé son physique solide et son mental d'acier. Après cinq années de mise entre parenthèses de son identité, l'idée d'assumer sa filiation est vite devenue une libération. Solide, précis, discret, Will l'a tout de suite vu rejoindre un jour le pool des négociateurs après celui de l'Intervention.

— Sauf accident de dernière minute, peu de doutes sur son intégration au sein du Groupe, a confié Will au capitaine.

Le ton monte encore d'un cran entre les « trafiquants » lorsque, sorti du break, un autre petit caïd saisit une poignée de gravillons et la jette sur la demi-douzaine de corbeaux revenus s'abriter près de la carcasse.

— Surtout bouge pas ! chuchote Abel dans l'oreillette de son ami.

— Hé, gros ! Tu vas te calmer tout de suite ! Si tu touches à ma caisse, je te fume, t'as pigé ? prévient le vendeur.

En quelques secondes, la crise éclate au sein du gang et oblige les stagiaires à s'adapter à un imprévu de taille : un dérapage dont ils seraient les seuls témoins…

— OK, man ! On va prendre ton matos, parce que chez nous, on a qu'une seule parole ! T'inquiète, on va le refourguer ton putain de matos et tu vas la toucher ta putain de thune ! Alors, fais pas le con, OK ? temporise l'acheteur.

La tension retombe, même si l'homme à la parka lance des regards noirs en direction des autres.

— Il remet le couvert ! se dit Alex, happé par l'action, ils vont se foutre sur la gueule ou quoi ? Qu'est-ce qu'ils attendent de nous, qu'on les laisse s'entretuer ?…

La fatigue pèse sur tous. La nuit a été longue. Le froid est une agression pour des organismes habitués à d'autres latitudes.

Yann fait le point sur la situation, cherche la priorité à donner à la mission. Une phrase lui revient en mémoire :

« On gère facilement un impondérable. Deux, c'est difficile. Trois, c'est l'échec à coup sûr [1] ! »

---

1. *Mémoires d'État*, Christian Prouteau, Michel Lafon, Paris, 1998.

— Trop de zones d'ombre. Qu'est-ce qu'ils veulent au fond ? Y a pas d'otages. On est dans un échange entre trafiquants. Trop d'imprévus..., pas assez de monde... On devrait être le double sur une affaire de ce type... On va pas se jeter dans la gueule du loup !

Pour lui, c'est quitte ou double. Il sait qu'il joue sa sélection à ce moment précis...

— À toutes les équipes. On ne bouge pas..., on lâche l'affaire. Je dis bien on laisse filer les gars. On sait où ils crèchent. On les aura !

Quelques secondes de silence s'écoulent. Une éternité pour Abel. La voix de Keller intervient enfin dans tous les casques :

— Fin de l'exercice.

Au moment où les candidats regagnent le centre d'entraînement, la liste de ceux qui seront autorisés à effectuer le tir de confiance est déjà affichée dans l'entrée. Abel y figure, tout comme Alex, Boris, Simon, Yann et Tom... Ils ont à peine le temps de prendre une douche et de se changer avant de regagner le stand de tir. Après des centaines de cartouches tirées sur des cibles, maintenant équipés d'un solide gilet pare-balles, les sélectionnés vont devoir tirer à balle réelle sur leurs compagnons d'armes. Dans ce corps d'élite, les rituels ont leur importance, celui-ci reste le plus spectaculaire et le plus marquant.

— Je vous demande d'accomplir quelque chose de contre-nature, explique Keller en passant devant chacun. Imaginez un alpiniste à qui on demanderait de se jeter d'une montagne, même bien assuré, pour voir s'il adopte la bonne attitude au moment de s'écraser... C'est exactement ça que je veux !

Deux groupes. Autant de cibles vivantes que de tireurs prêts à leur tirer dessus… Chacun endosse les deux rôles, tour à tour.

— Vous allez tirer sur votre camarade ! poursuit le capitaine. Vous allez ainsi lui signifier que vous maîtrisez votre geste et que vous vous sentez prêt psychologiquement à le faire. Et ce dernier, en acceptant l'épreuve, s'en remet entièrement à vous.

Pour l'occasion, Keller exige qu'on sépare les deux frères… Un coup au moral pour Abel et Tom. Le capitaine s'approche des jumeaux et justifie son choix :

— Pour vous deux, la notion de confiance n'est pas en jeu et c'est ce que nous voulons tester au travers de ce geste. Je veux que cette épreuve soit la même pour tous. Qu'elle nécessite le même degré d'implication et qu'elle génère le même stress. C'est un pacte que vous faites avec votre binôme et ce pacte, il est déjà bien scellé entre vous… C'est d'abord un atout, on a tous pu le constater, mais il ne faut pas que ça gêne la moindre de vos décisions…

Les six hommes empruntent le couloir qui les mène au pas de tir, en compagnie des instructeurs qui les ont suivis tout au long du stage. Des membres opérationnels sortent d'une salle en blaguant. Certains toussent, d'autres éternuent. Une odeur persistante de gaz lacrymogène vient piquer les yeux des candidats. Les instructeurs ferment la porte. Rien ne doit venir troubler leur concentration. Tom est soulagé de ne pas tirer sur son frère, Boris fixe le 357 Magnum et la Winchester 38 qui va lui arriver dessus, Yann lui tire dessus, Alex croise le regard d'Abel, impatient d'en avoir fini avec la formation. Quinze mètres les séparent les uns des autres. Mais ils ne font déjà plus qu'un, le Groupe est désormais soudé.

Quant à Keller, il goûte cet instant avec la certitude d'avoir sélectionné des experts, ceux qui demain se retrouveront au cœur de l'action, en première ligne face au danger. Nécessairement anonymes.

Une vision qui dévore l'âme

9 heures. Ce matin, le sol a bougé.

Depuis deux bonnes heures, Vigo scrute le parquet. L'éclosion est pour bientôt. Des milliers d'œufs microscopiques, nichés dans les lames, grouillent et sont sur le point de libérer une myriade de bébés araignées. Fine, presque translucide, la pellicule les séparant du passage au grand air se fissure déjà.

En plissant les yeux, Vigo voit leurs petites pattes tenter de percer leur membrane. Cette vision le fait souffrir. Il sait que sa maison va être envahie, colonisée en un rien de temps. C'est l'affaire de quelques jours, voire de quelques heures. Il ne se sent pas prêt. Il leur livre bataille en silence, sans se confier à qui que ce soit. Qui pourrait le croire ? Lui qui passe ses nuits en chasse, à traquer la bête. « Ça devient dingue », répète-t-il jour après jour. Il y a deux semaines encore, Vigo pensait maîtriser la situation… Foutaises ! Cette nuit, il a entendu les plus grosses se débarrasser de leur enveloppe devenue trop petite. Elles sont bien décidées à prendre sa place. Rien ne marche. L'angoisse monte, il ne contient plus sa peur… Une à une, il a bouché toutes les issues : les canalisations, les embrasures de fenêtres, la trappe du vide-ordures a été soudée au mur. Collé aux parois pour sentir le moindre filet d'air, il a tout calfeutré. Vigo sait qu'après lui elles vont envahir l'immeuble, le quartier, le pays tout entier… S'il ne les arrête pas, c'est l'humanité tout entière qui va péricliter.

Ce matin, comme tous les autres matins, Vigo se lève avant tout le monde et efface toute trace de leur passage. Il ramasse des exosquelettes, rétractés comme des bobines de fil de nylon. Il les pulvérise par centaines avec son fer à souder. Une chasse à la fois excitante et obsédante qui occupe toutes ses journées. Il plonge. Ce marin-pêcheur de quarante-deux ans en fait cinquante. Pour la troisième année consécutive, une interdiction de pêche le cloue à quai. Il vit cette sanction comme une profonde injustice. Le vague à l'âme a remplacé les sorties en mer et les coups de blues, les coups de force face aux CRS.

— À croire que le manque d'iode en rafale a fini par nous taper sur le système, lui a dit son ami Pierrot, un jour où ils se croisaient dans un bar PMU du centre commercial.

Depuis, Vigo tue ses bestioles. Quelques secondes d'inattention et un fil de soie, qui traverse à nouveau la pièce, vient lui rappeler qu'elles sont là, prêtes à occuper le terrain au moindre relâchement. Il n'y aura qu'un seul gagnant, se dit-il en fixant les interstices de son parquet.

Hier encore, Vigo est retourné chez Planète Nuisibles, un magasin spécialisé dans les pesticides, à deux ronds-points de chez lui, près d'un Jardiland. Chaque visite dans le magasin le calme, mais dès qu'il en ressort, il ne pense qu'à y retourner. Les insomnies s'enchaînent, il scrute les petites pattes qui tissent leur toile et envahissent son espace. Les plus hardies se postent à quelques centimètres de lui, puis parcourent son corps à toute vitesse, choisissant de le réveiller au moment où il a baissé la garde. Elles l'arrachent à ce sommeil lourd des premiers instants, après deux heures de lutte pour rester éveillé. Peu à peu, elles ont imposé leur règle du jeu. Elles se sont montrées supérieures à lui. Vigo ne sort plus, sauf pour aller acheter des nouveaux produits. Il évite de croiser du monde, de peur d'avoir à s'expliquer sur ses allers-retours. Il pourrait fuir… sauver sa famille de ce piège qui est en train de se refermer sur elle. Il a parfois le sentiment de livrer une guerre contre lui-même, mais il sent aussi un adversaire tout près de lui. Que faire ? Fuir et sacrifier l'humanité ? Ou au contraire, tout détruire ? Il se prend à rêver d'un gigantesque brasier qui ferait place nette. Il se réveille alors, avec la sensation que le feu attaque ses entrailles. L'issue ? Vigo la connaît. C'est pourquoi il collectionne des dizaines de bidons de produits inflammables, dissimulés sous son lit.

Le premier levé, le dernier couché… lui qui avait tendance à traîner au lit depuis que le patron du chalutier avait dû le licencier, la mort dans l'âme. Il a déserté le lit conjugal, préférant faire le guet dans le salon. Mais quoi ? Au début, il aurait été incapable d'expliquer ce qui lui arrivait. Quelque chose le gardait éveillé… le sentiment d'être observé, presque moqué… Puis il a commencé à sentir comme un malaise, l'impression que son espace vital ne lui appartenait plus…

On sonne. Dans l'œilleton, Vigo, un fusil à la main, aperçoit le livreur de Planète Nuisibles.

— Tu vas me faire le plaisir de déguerpir, salaud ! Sinon je t'arrose !

Dans la chambre du fond, Linda se réveille en sursaut. Quelle heure ? Qu'est-ce qui se passe ? Qui a crié comme ça ? Combien de temps j'ai dormi ? Plus que d'habitude..., c'est sûr. Elle jette un regard inquiet sur le couloir éteint et retourne son réveil : 9 heures ! C'est pas possible, j'ai rien entendu... ces saloperies m'empêchent d'y voir clair... Ses nuits sont artificielles, ses réveils ont l'arrière-goût d'une dose trop forte de somnifères. De la chambre s'échappe le son des dessins animés qui crient à tue-tête les aventures d'un monstre à trois têtes. J'espère qu'il a au moins pensé à leur donner leur petit déjeuner, se dit-elle, encore sonnée. Cette nuit, Vigo ne l'a pas rejointe.

— Réchauffe-moi, Linda, tout me fait froid ! C'est pas une vie tout ça, chuchotait-il d'une voix angoissée il y a encore peu de temps.

Linda a mal. Pas seulement à la tête et au cœur. Les matins sont lourds et, dans le miroir de la salle de bains, des plis d'amertume sont venus affaisser son sourire. Les jours s'enchaînent, sans qu'elle entrevoie une lueur d'espoir. Elle confie quelques soucis à sa meilleure amie, la directrice du centre de loisirs de ses enfants. Mais elle ne veut surtout pas stigmatiser son mari. Chaque jour, la folie de Vigo gagne du terrain. Elle sent qu'elle va craquer...

Ce matin, les hommes de Satory s'entraînent sur le viaduc ferroviaire de Saclas, en bordure de forêt. Au programme, un saut de soixante-seize mètres en pendulaire, une descente en rappel, et pour les plus motivés une séance de grimpe avant de regagner la caserne. 1...2...3...4... ! Une courte inspiration entre les quatre mesures, une impulsion franche et Yann se jette dans le vide. La sensation de vertige qui pouvait accompagner ses premiers sauts n'est plus qu'un lointain souvenir. Au sol, Boris observe la manœuvre, fluide et précise malgré la fatigue de ces derniers jours. L'hiver s'achève sur une série d'interventions lourdes et éprouvantes. Depuis plusieurs semaines, les hommes de Keller enchaînent les missions sans trouver le temps de souffler. Mais chacun sait que de la qualité des entraînements dépend l'excellence du Groupe en situation réelle. Yann touche le sol, Boris se souvient...

— On en a fait du chemin depuis la première fois qu'on a sauté ici !

— Bien haut, vise l'horizon, pas tes pieds, sinon tu vas te casser les reins ! Ils avaient annoncé la couleur et on avait réussi le pendulaire...

— T'as peur ? C'est encore meilleur ! m'a dit Bob au moment de sauter. C'est aussi bon et aussi bref que le jour où tu t'es fait dépuceler : bref mais intense ! Alors, prends bien ton pied !

— Il avait trouvé la bonne formule pour nous faire décoller du bord !

— Plus de vertige. Ce jour-là, je me suis payé le saut de l'ange de ma vie !

Yann et Boris sont encore en train de ranger leur matériel quand leurs portables sonnent à l'unisson...

Attablé dans la cuisine, la tête entre les mains, Vigo semble lire dans sa tasse de café.

— Elles s'approchent..., répète-t-il en boucle... Combien de temps je vais tenir ? Elles vont me bouffer la tête...

Linda rentre. Elle saisit la détresse de son mari. En face d'elle, l'homme robuste qu'elle a épousé quinze ans auparavant n'est plus que l'ombre de lui-même.

— Dis-moi, Vigo, qu'est-ce qu'il se passe... Tu me fais peur, tu sais. Tu nous fais peur. Les enfants n'osent plus s'approcher de toi et tu les rejettes toi aussi. Ça ne peut plus durer, tu sais ? Je leur dis que tu as des soucis, mais ils ne comprennent pas. Ils sont encore petits, tu sais ?

Dans un dernier effort, Vigo avoue sa peur, comme un barrage qui cède :

— Elles me tournent autour... Oui autour, mais toujours à distance... Pas folles ! Elles bougent comme des cibles mouvantes... elles sont en train de m'attaquer la tête aussi ! Elles vont m'anéantir, nous anéantir... tous !

Puis, changeant de ton :

— Ils m'avaient pourtant dit, ces fils de pute de vendeurs de soupe, qu'avec cette dose j'allais m'en débarrasser ! J'aurais dû me douter... avec son air de blanc-bec propre sur lui, il était en train de m'arnaquer ! Enfoirés de voleurs !

— Calme-toi, ça va s'arranger... Laisse-moi déposer les enfants au Centre de loisirs... et... si tu veux... on y retourne tous les deux, au magasin... Et puis, ils ne vont pas éternellement t'empêcher de prendre la mer ! Je suis passée hier à la digue... Tu n'es pas le seul à être désespéré..., c'est pas encore pour cette année les anchois... mais ils vont bien trouver autre chose à interdire... Il paraît que l'an prochain, c'est le thon ! Rouge ! Tu vas voir, ils vont nous laisser tranquilles ! Le large, c'est pour bientôt.

Mais Vigo n'écoute plus. Lui le méritant, le besogneux. Marginalisé ! Il se sent humilié.

En quelques secondes, une boule s'est formée dans la gorge de Linda. Elle regarde autour d'elle. Des outils, des adhésifs, de la laine de verre, jonchent le sol… Une ambiance étrange, une maison en état de siège. Elle tente depuis plusieurs jours de le convaincre d'aller se confier à une tierce personne. Elle sait depuis longtemps qu'elle ne va pas y arriver seule. Un psy ? Ce n'est pas dans sa culture. Elle ne veut pas qu'on fasse de mal à son mari. Elle voudrait éviter qu'on prive ses enfants de leur père. Mais la situation lui échappe complètement.

« Ça ne sent pas bon du tout, se dit-elle. Ça ne sent pas bon… »

Cette phrase revient comme une obsession… Ça ne sent pas bon… Non, ça sent quelque chose de terrible !… Ça sent… la peur.

Elle a compris : ça vient de lui ! Une odeur forte, d'urine âcre et fétide, exhale de tout son corps, stagnante depuis des jours et des jours… Elle couvre même celle des insecticides.

Elle regarde l'état de sa maison. Sa voisine l'a déjà alertée :

— Quand vous n'êtes pas là, il déplace tout. Toute la journée. Les meubles d'une pièce à l'autre, ça ne peut pas continuer ! Vous devriez surveiller de plus près votre mari…

Vigo tapisse la maison d'insecticide et de désinfectant. Des centaines d'euros y passent. La famille étouffe.

— Le petit a vomi hier… Il faut aérer cette maison, Vigo. Tu es en train de nous asphyxier. De nous empoisonner.

Vigo barre la route à sa femme.

— Tu ne touches à rien ! T'as compris ! Elles ne doivent avoir aucun moyen de s'échapper ! Il faut les piéger une fois pour toutes.

— Écoute, Vigo…, je passe te prendre dès que j'ai déposé les enfants et on file à Planète Nuisibles…

— C'est ta solution miracle ! Retourner voir cet empaffé de service ! Qui va encore me taxer cinquante euros ! Ou alors tu me prends pour un fou ! Et là, si tu crois ça, tu te mets le doigt dans l'œil !

— Je… pense qu'il n'y a pas… qu'il n'y a plus rien du tout… Même les draps, je les change tous les jours depuis deux semaines… J'ai utilisé tes produits… Tu devrais peut-être… aller voir le docteur… juste une fois… Il y a des traitements… pour ça…

— Des quoi ? Des pilules pour dingos ? Et lui aussi il va me taxer cinquante euros ! Ils nous plument tous ! Et tu trouves ça normal ? Toi, tu distribues les billets ! Comme s'il en pleuvait ! Et moi je me tape des araignées qui vont me bouffer le cerveau !

Le dessin animé des enfants est sur le point de s'achever. Trop tard pour les faire sortir de l'appartement… Vigo, un chalumeau à la main, s'attaque à la porte. L'odeur s'est répandue dans toutes les pièces. Enfermé dans son obsession, il ne prête plus attention à rien. Qui alerter et comment faire ? Son portable, dans l'entrée. Linda s'enferme dans la salle de bains. Son amie, Liliane…, sa seule chance de s'en sortir.

— Il pète les plombs, murmure-t-elle. J'ai peur…, surtout pour les enf… Elle suspend sa phrase, sent son mari dans le couloir, tout proche. Elle change de ton : On a dû choper un truc…, je te tiens au courant dans la journée.

Vigo ne lui laisse pas le temps de finir sa phrase. Il la saisit par les épaules, le regard vide.

— On a chopé un truc ! Qui a chopé un truc ? Mais c'est que tu te permets de faire des diagnostics ! T'es toubib ? Tu sais mieux que moi ce qui se passe sous mon toit ! C'est du sérieux que t'as dit ! Qu'est-ce qui est du sérieux ? Dis-le-moi ! Ces putains d'araignées, ça c'est du sérieux ! Tu bouges pas. Tu ouvres pas. Tu me laisses travailler !

Vigo s'éloigne, retourne à sa porte d'entrée.

— Pourquoi tu soudes les gonds comme ça ? Explique-moi ?

— Là ! Je suis sûr que comme ça, personne n'essaiera de rentrer… ni de sortir… PER-SONNE ! On va piéger tout ça une bonne fois pour toutes ! Écarte-toi… Laisse-moi faire ça…

C.R.I.S.E. V.I.G.O. SOS ! tape discrètement Linda.

Elle a juste le temps d'envoyer le SMS à Liliane, avant que la batterie de son portable ne donne de sérieux signes de faiblesse. Ça se vide toujours au mauvais moment ces trucs-là ! L'écran s'éteint subitement.

« Je suis coupée du monde ! » réalise-t-elle.

Tout le groupe 4 a rejoint la base. Le mot « forcené » revient dans les conversations, mais tous ignorent qui est cet homme, quelles sont ses revendications et le degré de folie qui l'anime. Un paranoïaque, un suicidaire ou encore un schizophrène ? Keller coordonne l'intervention, Will Arno dirige la cellule négociation, très vite, chacun prend la parole et expose en quelques mots sa vision. Le capitaine résume la situation :

— Où ? Direction la Vendée dans la zone industrielle de Saint-Gilles-Croix-de-Vie. Qui ? Vigo Esperanto, quarante-deux ans, marin-pêcheur, au chômage depuis un petit bout de temps. On a peu d'éléments sur lui… De quoi il s'agit ? La BT [1] a constaté une rétention familiale et une menace de mort. Il s'est cloîtré dans son appartement, avec sa femme et ses deux enfants, trois et six ans. Il dit posséder des armes et menace de s'en servir si on tente quoi que ce soit. Configuration ? Immeuble de trois étages en pleine zone HLM et tout le tintouin… Où on en est ? Les collègues de la caserne d'à côté se sont présentés au domicile et tentent une première approche… Le profil ? Will, je te laisse la parole…

— On a un mec au bout du rouleau. Le tout est de connaître sa détermination. En ce moment les pêcheurs sont à cran, mais de là à prendre sa famille en otage, c'est une autre histoire. Espérons au moins qu'on n'ait pas affaire à un suicide altruiste.

— Comme il y a deux mois !

Keller repense à un drame récent. Un père de trente ans enfermé avec son fils de six mois dans son appartement, refusant l'idée que sa femme l'avait quitté. La négociation avait bien démarré, l'homme avait l'air d'accepter le dialogue, jusqu'au moment où tout s'était emballé :

— Elle vient d'accoucher de notre bébé…, cette salope ! Et elle veut m'arracher à la chair de ma chair !

1. Brigade territoriale.

Will avait regardé son adjoint et croisé les mains en signe d'arrêt de la négociation. À peine l'intervention déclenchée, le père s'était jeté dans le vide en s'écriant :

— Viens mon chéri, à la vie comme à la mort !

Pendant quelques secondes, le temps s'était arrêté. Les hommes du Groupe s'étaient cherchés du regard, impuissants. Après un long débriefing sur l'aspect purement technique de l'opération, plus personne n'avait reparlé du drame familial, s'y attarder risquerait de faire vaciller les certitudes.

Pour certains, la mission du jour est une bonne occasion de ne pas rester sur ce souvenir…

— OK, c'est bon ! annonce le négociateur. Je viens de toucher le médiateur sur place. Le mec a déjà tiré dans la porte à plusieurs reprises et retient sa famille. Les gendarmes sur place ont fait une bonne collecte d'infos. On a quelques témoignages intéressants. Celui d'un vendeur qui est passé ce matin. Il a donné l'alerte après s'être fait copieusement insulter et sérieusement menacer. Je dois lui parler. Apparemment ce gars n'a aucun antécédent psychiatrique… Il est en crise, reste à connaître la profondeur de la fêlure et l'intensité des bouffées délirantes qui sont en train de monter.

— Le groupe de première alerte est parti, un deuxième doit quitter Satory dans vingt minutes. Inutile de traîner. Deux enfants sont retenus. On ne peut pas se permettre de perdre une seule minute, conclut Keller.

Dans le hangar, chacun s'affaire. Récupération du matériel, embarquement dans les véhicules.

— Ça va aller, Willy ? demande le capitaine.

— C'est bien d'enchaîner… Ça fait deux mois maintenant. On a tous besoin de lâcher cette affaire…

Sans perdre une minute, les véhicules filent en direction de l'aéroport, alors que les premiers contacts se nouent déjà avec Saint-Gilles-Croix-de-Vie. Will interroge le vendeur du magasin Planète Nuisibles.

— Vous êtes venu pour une livraison chez Vigo Esperanto, c'est ça ?

— Oui, je devais juste lui livrer du matos qu'il avait commandé… Quand on a des bons clients, on les bichonne !

— C'est-à-dire ? Un bon client…

— Il achète des tonnes de produit… Mais il est fondu ce gars.… Il est pas seul dans sa tête… Mais des mecs fous, vous savez, on en voit débarquer tous les jours !

— Qu'est-ce qu'il a de plus que les autres, d'après vous ?

— Il est scotché à la boutique. Il arrive avant l'ouverture, et fait les cent pas… au bord de la crise de nerfs. Il est limite agressif. Et puis, il se gratte partout depuis quelque temps. Il parle d'invasion. Il commande des trucs à longueur de temps… Et rien ne lui convient vraiment.

— Quel genre de produit ?

— Tout ce qui touche aux araignées, c'est devenu une obsession chez lui… Je crois qu'il a récupéré aussi des produits un peu plus limite…

— Du genre ?

— Des aérosols… à haute dose, c'est pas bon du tout ! C'est autre chose que le ZIP barbecue… si vous voyez ce que je veux dire… Il m'a lancé des petites phrases, l'air de rien, sur le stock qu'il était en train de se constituer… Il m'a même sorti qu'il n'aurait bientôt plus besoin de venir chez nous… Jusqu'à ce matin, je pensais qu'il bluffait, mais là je comprends mieux !

— Qu'est-ce qui s'est passé, quand vous avez débarqué ce matin ?

— J'ai à peine sonné, qu'il m'a jeté en me traitant de voleur. Il a dit qu'il avait plus besoin de ma came et qu'il allait tout faire péter…, il a crié dans le fond… Moi, je suis parti sans demander mon reste…

Will commence à mieux cerner le personnage. L'amie de Linda complète le tableau. Il apprend que toute sa famille vit en Espagne, d'où il est originaire. La mer, c'est sa vie. Il est lui-même fils d'un marin-pêcheur et, peu après l'interdiction par l'Europe de la pêche aux anchois sur les côtes françaises, il a connu le chômage sans discontinuer. Linda lui avait fait part il y a quelques jours de ses inquiétudes. Mais elle n'en rajoutait pas, elle avait même tendance à défendre son mari…

En quelques années, le négociateur a réussi à faire évoluer les mentalités au sein même de l'unité. Chacun s'accorde maintenant à dire qu'une reddition par le dialogue est encore ce qu'il y a de mieux. Même si certains recherchent encore le pic d'adrénaline que procure l'intervention musclée. Les hommes fouillent le passé, l'entourage et cherchent la faille avant de recourir à la force.

— On a affaire sans doute à une personnalité très soupçonneuse du type paranoïaque, qui a été très longtemps dans la retenue… Apparemment, il a un terrain obsessionnel. Ils sont durs ces gars-là. Ils affrontent des tempêtes et s'épaississent la couenne, mais quand ça pète, ça fait de sacrés dégâts, confie-t-il à Keller en montant dans le Transall[1].

Après avoir salué le commandant de bord, Will vient se placer à l'entrée de la cabine du pilote. De nombreu-

1. C-160 F. Avion de transport militaire, tactique et logistique.

ses zones d'ombre demeurent. Avec des otages domestiques, la négociation peut durer une dizaine d'heures, mais avec un schizophrène, la marge de manœuvre est quasi nulle. Il est conscient de l'impasse dans laquelle il peut vite se retrouver. À chaque opération, il se pose toujours la même question.

« Comment un homme peut-il en arriver à ce geste désespéré ? »

Humain et à l'écoute, c'est ce qui le résume. À dix-sept ans, le chef Will Arno voulait vivre à une autre époque, s'engager dans la Résistance comme son grand-père, ancien SAS dont le cœur a chaviré en 1944, du côté d'Argentan. Le goût de l'engagement lui vient de là, et lorsqu'il a entendu parler du GIGN pendant son service militaire, l'horizon s'est éclairci : il ne suivrait pas les traces de son père.

Il se revoit certains soirs, enfant, dans le couloir menant à la cuisine, captant des bribes de conversations. Dans les soupirs qui parvenaient jusqu'à lui, se mêlaient parfois quelques sanglots. Plus tard, il avait découvert un homme solide et passionné par son métier. Il avait compris que ce qui le rongeait, ce n'était pas les caprices de la mer, mais la précarité qui l'accompagnait. La peur de perdre son travail, de plonger sa famille dans la misère…

— Comme Vigo, peut-être ?

Midi. Une piste d'atterrissage privée, à quatorze kilomètres au sud de Saint-Gilles-Croix-de-Vie. Le domaine quatre étoiles de la Tonnelle et ses rares occupants assistent au débarquement éclair. D'un Transall sortent une vingtaine d'hommes cagoulés qui traversent la piste, chargés comme des mules et s'engouffrent dans des voitures qui les attendent en bout de piste.

— Ici, on compte les ronds-points comme ailleurs les moutons ! s'exclame Yann pour détendre l'atmosphère…

— Fais pas ton chauvin, Mako ! lui répond Simon. D'accord, ça n'est pas la Bretagne, mais au-dessous de Vannes, c'est quand même le bord de mer ?

— Pour ce qu'on va le voir, soupire Yann, bougon.

Au bout de l'artère principale, les hommes aperçoivent un premier barrage… Le capitaine salue un jeune gendarme stagiaire, impressionné de croiser l'unité mythique.

— C'est déjà une bonne chose, ils ont prévu un périmètre de sécurité… Ça va nous changer de l'inter du mois dernier !

Sur certaines crises, voisins, proches, gendarmes et officiels, arrivés à grand renfort de gyrophares, se pressent autour de la maison, comme on se rend au spectacle. L'odeur du sang l'emporte alors sur la prise de risque. Tout ces gens ignorent qu'un garçon à bout peut vite tirer dans le tas, et les prendre pour cibles. Sans compter certains chasseurs de scoop prêts à n'importe quoi pour faire du spectaculaire. Keller s'est plusieurs fois retenu pour ne pas leur décoller la mâchoire…

Sur ce type d'affaire, le temps n'est pas l'allié des gendarmes. La priorité est de sauver les enfants…

— Quelle négociation pour un garçon qui n'a plus toute sa raison ?

— Tout dépend du degré de détermination… ou de la démence du bonhomme. Ce qui ne sent pas bon, c'est la détention d'une arme, et surtout c'est cette histoire de produits toxiques… Si je comprends bien, le mec a eu le temps de voir venir la Troisième Guerre mondiale et une armée d'aliens, la négociation risque de tourner court.

Will s'attend à une intervention dans la foulée.

Derrière la porte d'entrée, Vigo transpire, tétanisé par la peur. Il laisse des traces partout où il passe, des sortes d'empreintes gluantes sur les murs et au sol. Tout se modifie autour de lui, lui-même ne se sent plus totalement humain. Son champ de vision se réduit, comme s'il voyait à travers une loupe inversée. Des fourmillements lui traversent le corps. Une sensation de picotement qui lui parcourt les veines.

— Je crois bien que c'est trop tard… Je ne les ai pas senties s'approcher de moi : à quel moment m'ont-elles colonisé ? délire-t-il.

Il sent des milliers de petits organismes pulluler, se réveiller et se dilater, lui courir sous la peau. Sonné, incapable de comprendre ce qui lui arrive, il tente de reprendre son souffle, l'oreille collée à la porte d'entrée. Des outils sont dispersés sur le lino et des dizaines de bidons de produits sont renversés. Il ne sait plus pourquoi tout est sorti. Il baigne dans une mare de produits. Il tient son fusil entre les jambes, ne sachant plus s'il a tiré ou s'il a rêvé. Est-ce la gardienne qui est en train de passer l'aspirateur dans l'escalier ? Ou bien les nids d'araignées qui expulsent leurs petits par vagues successives ? Et puis cette pulsation à la fois proche et lointaine, est-ce son propre cœur ? Ou celui d'un autre ? Des petites gouttes visqueuses perlent dans le creux de ses mains :

— De la soie… Ça y est, je change de règne, je fais partie d'elles maintenant !

Depuis qu'elle a entendu les coups de feu dans la porte, Linda sait que Vigo ne s'en sortira pas. Les enfants ne sont pas encore sortis de la chambre… Deux paquets de gâteaux oubliés la veille vont permettre de tenir encore… mais pour combien de temps.

— Papa fait des travaux dans l'entrée, il a demandé qu'on reste ici sagement. Il soude avec son chalumeau, c'est dangereux, alors on va rester là le temps qu'il finisse…

Elle se raccroche à son seul espoir : Liliane. À coup sûr elle aura donné l'alerte. Le temps passe, Linda ne voit rien venir, à part son mari qui ne va pas tarder à faire irruption et semer la panique. Elle pousse une commode devant la porte… Les enfants comprennent que quelque chose ne tourne pas rond. Peu importe. Elle doit les protéger. Ils veulent voir où est leur père, elle leur interdit de sortir. Se fâche. Le petit pleure. Le grand n'est pas dupe, propose à son frère un nouveau DVD.

De l'autre côté, c'est un champ de bataille. Vigo arrache les plinthes, déverse des litres de produit et traque ses araignées.

— Aucune sirène. On nous a oubliés. C'est sûr, on ne va pas s'en sortir… Il va tout faire cramer !

Collée à la porte de la chambre, Linda entend le téléphone sonner… Une fois…, deux fois…, trois fois, pendant de longues minutes.

— Surtout pas bouger… Je ne dois pas quitter les enfants d'une semelle. Les faire descendre par la fenêtre ?! Le store est à moitié baissé, un enfant passe, mais pas moi. Si je le relève plus, il va m'entendre… Trois étages. La paroi est lisse. J'ai pas de cordes… Des draps, ça ne suffit pas ! C'est trop haut Si je relève un peu ? Juste pour passer la tête et voir s'il y a un espoir. J'ose pas !

Elle colle son oreille au carreau. Rien, pas un bruit.

L'immeuble et ses alentours ont été évacués en cas d'explosion. Tous les quarts d'heure, la concierge sort de sa loge. Elle jette un œil dans la cage d'escalier. La voisine du premier l'a rejointe et toutes les deux s'inquiètent pour cette jeune maman qu'elles connaissent si bien et ses deux enfants en bas âge.

— Je ne sais pas ce qu'il fabrique le Vigo, mais ça ne tourne plus du tout rond dans sa tête… Pourvu qu'il ne s'en prenne pas aux gamins, ils sont tellement mignons, témoigne la voisine.

Tombée nez à nez avec des hommes cagoulés, elle s'est réfugiée au rez-de-chaussée pour ne pas rester seule.

Un gendarme les presse de quitter le hall, l'intervention va commencer…

Vigo ne répondra pas. Il s'est enfermé dans ses visions. Le groupe s'est scindé en deux. Les équipes progressent sur les façades. Côté chambre, Yann et son binôme descendent en rappel côté salon, Boris investit le balcon. Will tente une dernière fois d'établir un contact et de raisonner Vigo. Il s'est rapproché de la porte noircie à l'endroit des gonds. En temps normal, une bonne dose d'explosif peut venir à bout de la porte blindée, mais compte tenu de la présence d'otages, ils veulent éviter cette option. Will se désaxe pour ne pas prendre une balle à travers la porte :

— Monsieur Esperanto ? Vous m'entendez ? Vous ne répondez pas au téléphone, vous ne voulez pas discuter, alors je suis venu voir de moi-même… Je suis là pour vous écouter et trouver une solution avec vous. Je suis là pour comprendre ce qu'il se passe, monsieur Esperanto…

Aucune réaction.

— Monsieur Esperanto, je pense que vous m'entendez. Si c'est le cas, faites-moi au moins un signe, dites-moi quelque chose qui m'assure que tout va bien chez vous…

Qui parle, derrière ? Où est mon esprit ? Une forêt a envahi le couloir… Elles ont attaqué la chambre des petits…

Les enfants, justement, il faut qu'il s'en rapproche le plus possible maintenant. Malgré l'isolation dans toutes les pièces, les toiles d'araignées volent comme des pans de mousseline en plein champ. Elles se déplacent sur des kilomètres de fils enchevêtrés, visqueux et opaques. Elles l'observent, suspendues dans les airs. Mais lui, le reliquat d'humain, n'a pas encore déposé les armes et la bataille n'est pas encore tout à fait perdue. Seul le brasier qu'il a imaginé peut les éradiquer, même s'il doit sacrifier toute sa famille… Peu importe, ils ne peuvent pas vivre sans lui. Il était le seul à pouvoir les protéger. Vigo entend toujours cette pulsation régulière. Elles respirent à l'unisson… Une et indivisibles. Elles me retiennent dans leur cocon, mais je vais les pulvériser jusqu'à la dernière !

Dans un ultime effort, Vigo comprend que quelqu'un lui parle derrière la porte. Le livreur de tout à l'heure ? La concierge ? Peu importe. Ce qui compte, c'est devant lui, pas derrière. Cette jungle hostile qui avance et qui l'enserre.

— Allez-vous-en ! Je vous entends ! Laissez-moi tranquille, c'est plus le moment de me déranger.

— Monsieur Esperanto, je suis négociateur et je cherche à vous sortir de là… Que se passe-t-il de l'autre côté de la porte ? Vous pouvez m'ouvrir ?

— C'est trop tard ! Personne ne sortira vivant de cet appartement… Contaminés ! On est contaminés ! Vous ne les voyez pas ! Elles m'attaquent, me brûlent les yeux !

Will comprend que les bouffées délirantes l'ont envahi et qu'il n'y a plus rien à faire… Brandissant son chalumeau, Vigo recule et se rapproche dangereusement des chambres.

— Elles me bouffent. Elles me consument ! Le feu ! Seul le feu peut les arrêter !

Désorienté, assailli par toutes sortes de visions, il se bat contre des forces invisibles…

— Allez-vous-en ! Tout est mort ici !

Arrivé à la hauteur de la fenêtre, Yann se stabilise. Les stores sont baissés.

— Excellent ! Elle a bloqué la porte…, constate-t-il.

À l'intérieur, deux petits garçons, hypnotisés par les images, ne quittent pas les bras de leur mère. Des couleurs s'échappent à la fois de l'écran et d'une petite veilleuse restée allumée.

Un… bruit, quelqu'un gratte à la fenêtre ! Linda sursaute. Un homme cagoulé la regarde par l'espace ajouré. Elle fait signe qu'elle a compris.

— Keller de Mako. Ils sont trois. Pas de casse. On va découper le store et sécuriser la porte. On les exfiltre en rappel s'il le faut ! Dis-nous comment ça évolue par l'avant.

Linda rassure les enfants.

— Maman, c'est des copains de Spider ?

— Mais non ! Tu vois bien que c'est des policiers... enchaîne l'aîné.

La mère fait signe aux enfants de se taire et d'attendre...

— On ne va pas bouger. On va obéir au monsieur sans poser de question.

— Et papa ?

— Plus tard...

Impatient de mettre tout ce petit monde à l'abri, Yann attend le top action. Les enfants sont calmes, regardent sans bouger ces inconnus armés jusqu'aux dents... Machinalement, Yann fait l'inventaire de son arsenal. Five seven..., Manhurin..., P90..., tout est en place.

Un troisième binôme parvient à se glisser discrètement par la fenêtre de la chambre des parents. Boris tente de se frayer un chemin entre les bidons d'essence, les bouteilles de white spirit et d'insecticide à moitié éventrées sur le sol. Des restes de repas et des mégots de cigarette écrasés constellent la moquette de petites taches brunes. Un matelas, en travers de la pièce, achève de donner à la pièce des allures de champ de bataille.

Vigo n'a aucune chance de s'en sortir, les hommes veulent le prendre en tenaille et le maîtriser à mains nues. Will stoppe net la négociation. Keller conduit l'assaut.

— À tous : on lui barre la route ! Le gars n'est plus étanche.

— Équipe A, prête ? Équipe B, prête ? On attend qu'il pose son fusil. Je passe les codes. Je veux tout le monde sur le bonhomme...

Vigo ne pense plus à rien, ne sent plus son corps. Il avance sans savoir où il va, ni même qui il est devenu.

— Elles m'ont tout volé ! C'est le moment de détruire toute cette saloperie !

Boris jette un coup d'œil dans le couloir.

— Il vient vers nous !

— Top action ! ordonne Keller.

En quelques secondes une dizaine d'hommes fondent sur Vigo. Loin de réaliser ce qui lui arrive, celui-ci tente vaguement de se débattre, comme s'il était emprisonné dans un immense filet. Mais c'est un étau de bras et de jambes qui le visse au sol. Plaqué à plat ventre, la tête sur le côté, un genou sur la nuque et l'autre dans la saignée du coude, il sent à peine les serre-flex qui lui entravent les poignets.

Tel un automate, le marin-pêcheur n'a pas réagi sous le poids des hommes.

— Inhumain ! Boris regarde cet homme rétracté au sol comme un exosquelette. Il a l'air complètement sidéré, comme un vampire…

Vigo a dépassé les frontières de la raison et peine à s'extraire de son délire. Le médecin du Groupe se penche sur lui.

Dans la chambre, rien n'a bougé, Linda pleure en silence.

— Spiderman ! Spiderman ! Tu veux bien me montrer comment tu fais pour descendre des immeubles ! implore le plus jeune.

Yann regarde le petit garçon et pense à son propre fils qui ce matin se réjouissait de retrouver tous ses camarades au centre de loisirs.

— Chef ? On peut faire une petite entorse au règlement ? demande-t-il au capitaine avec un large sourire.

— Affirmatif ! lui répond Keller.

Derrière sa cagoule rouge et bleu, de grands yeux bruns sourient à l'inconnu en noir qui vient de lui tendre la main et l'invite à partager un instant de magie. Sa petite cape se soulève au moment d'enjamber la fenêtre…

— Viens, petit bonhomme ! Et ne regarde pas en bas… Regarde plutôt ce qui se passe dans le ciel ! Moi, les copains m'appellent Mako… Et toi, comment tu t'appelles ?

De toutes ses forces, le petit garçon de six ans s'agrippe à Yann :

— Pierre.

— C'est bien, Pierrot, la prochaine fois que tu croises d'autres Spiderman comme moi, tu commences par leur dire que c'est toi le patron !

Un 14 Juillet très chaud

Plus que cinq. La brûlure gagne les deux bras, les épaules et la poitrine, à la limite de la rupture. Allongé sur un banc, le capitaine Keller regarde machinalement au-dessus de lui les quatre-vingt-dix kilos de fonte qu'il s'apprête à soulever. Encore une minute de récupération.

« C'est quand même bon de se mettre dans le rouge », se dit-il en décollant la barre de son portant.

Dans une grande inspiration, il la fait descendre tout doucement, elle effleure sa poitrine. Keller reprend son souffle jusqu'à saturation et, dans un dernier effort, pousse un cri de stimulation qui vient couvrir les dernières mesures de « Candy Shop », de 50 Cent. Blocage, retour de la barre dans la cage. Le bruit de la fonte et des disques qui s'entrechoquent s'échappe du hangar qui tient lieu de salle de musculation. À l'intérieur, une faible ampoule irradie le centre d'un ring aux cordes fatiguées. Entre chien et loup, le capitaine Christophe Keller s'entraîne, comme souvent, lorsque la soirée s'étire sans qu'il ait réellement envie de rentrer chez lui. Plongé dans une semi-obscurité, il enchaîne ses circuits favoris… Les pompes et les tractions sont pliées, reste une série au développé-couché qui pourrait bien le sécher pour la soirée. Seul et sans assurance, le capitaine teste ses limites.

« Arrache-toi dans la dernière, sinon t'es qu'une merde ! » se dit-il pour se motiver.

Un pied ici, l'autre dans l'écume des plages de Penmarch, Keller pense aux balades dans l'eau, qui, dans quelques jours, lui glaceront les chevilles. Chaque été, il goûte à la vie ordinaire du bord de mer. Murder Rose, sa maison, son port d'attache, l'attend comme une épouse fidèle. Perchée sur un bout de falaise, elle attire tous les regards : arrogante et fière. Poussées par l'océan, les vagues viennent parfois heurter les solides pylônes ancrés dans la roche. Sur sa planche de surf, Keller s'offre quelques heures de sensations fortes au milieu des rouleaux.

Depuis son divorce, il y a quatre ans, la vie a peu à peu déserté les lieux. Il y revient quelques jours, préférant l'hiver à l'été, passant des soirées entières à contempler la mer et les gerbes d'écume en contrebas dans les rochers. À l'abri des tempêtes, seul, il ouvre les vannes et laisse les souvenirs remonter à la surface. Il se prépare déjà à quitter Satory, le Groupe et l'action. Certains attendent de dépasser la limite d'âge, lui non. Un jour, il faudra ralentir la cadence, puis tirer sa révérence. Comme tous les membres de l'unité, il redoute la platitude d'une autre existence.

Dans un coin de sa mémoire, Murder Rose fait office de refuge. Cette maison l'a vu grandir, aimer, échouer dans ses tentatives de bonheur et verser des larmes de joie. Il ne doute pas d'y vieillir un jour, lorsqu'il aura fait son temps à Pasquier. Indépendant, certains diront sauvage, le capitaine Keller n'oblige personne à l'aimer, mais gagne le cœur de tous. Sa réputation de guerrier n'est plus à faire. Mission après mission, il impose son type de commandement : des ordres précis et un casting sans appel au départ de chaque feu. Il inflige aux autres ce qu'il s'inflige à lui-même, et dans chaque RETEX[1], il attend de ses hommes autocritique et humilité.

Malgré son air froid, il est l'un des officiers les plus appréciés. Adossé contre un mur, il écoute le crépitement des feux d'artifice qui parviennent jusqu'à la caserne. Quelques lumières çà et là trahissent la présence d'une poignée d'hommes maintenus en alerte. Sur la base de Satory, à cinq minutes à peine de la Caserne, compagnes et enfants vivent et respirent au rythme du Groupe. En rentrant au GIGN, les hommes embrassent une cause et leurs femmes épousent une ombre. Au fil du temps, combien d'entre eux voient leur famille se désagréger ?

Toute la journée, le soleil a tapé. Aucun nuage n'est venu troubler le ciel parisien en ce jour de défilé militaire. Les corbeaux, débarrassés des acrobates d'acier, ont regagné en toute quiétude les toits brûlants des immeubles de la capitale et se disputent avec pigeons et moineaux les friandises abandonnées sur les trottoirs. Sur les Champs-Élysées comme ailleurs, flotte un parfum d'oisiveté et de bonne humeur. Les pompiers croisent les doigts pour ne pas « décaler » tout de suite et ouvrent le traditionnel bal, avec la ferme intention de faire mieux que les légionnaires. L'occasion pour

1. Retour d'expérience.

eux de sortir de leur réserve, de dévoiler des talents de stratège et de s'attirer les faveurs de jeunes célibataires en mal d'exotisme. Jusque tard dans la nuit et sur tout le territoire, des groupes de jeunes vont arpenter les villes ou les bourgades, à la recherche de la meilleure fête.

À la prison de Poissy, loin du bruit, de la fureur et des cotillons, une bande d'adolescents, habituée à traîner du côté de la Maison centrale, déambule dans les rues désertes. Au marché, non loin de cette ancienne abbaye transformée en prison, tout le monde a commenté avec fébrilité l'annonce faite par l'Élysée qu'il n'y aurait pas d'amnistie générale cette année. La journée a semblé calme aux habitants des alentours. Quelques gamins, attirés par cette frontière entre deux mondes, tirent sur leurs mégots de cigarettes et allument quelques pétards de circonstance... Les surveillants, perchés dans leur mirador, semblent plongés dans un ennui habituel, s'inventant peut-être des destins de truands... Ce soir, la tentation de venir les narguer est une maigre consolation pour ces mômes à la recherche d'un bon défouloir.

— Pas un chat à dégommer. Je parie qu'ils sont de l'autre côté, en train de se payer un vrai gueuleton et qu'ils font les cons devant les condamnés à perpet' qui moisissent derrière les barreaux... Logés, nourris, blanchis ! s'exclame l'un d'entre eux, en remettant dans sa poche un lance-pierres scorpion. Allez les gars, c'est l'heure des poules ! Cot cot codeccc ! Les matons vont leur couper la lumière et ils vont se mettre à couiner pendant des heures ! Des tarés ! C'est la misère ici ! On se casse !

Cédric Pitois, alias « Jésus », Luka Milovic et Danis Kusto ont cantiné[1] cette semaine. Des médicaments, des canettes, des cigarettes : un trafic qui permet d'améliorer l'ordinaire et surtout de tuer le temps. De la fenêtre de son bureau, Albert Mounier, le directeur de la prison, assiste régulièrement à des échanges plus ou moins « douteux » dans les coursives. Mais cet été, il lâche un peu du lest. Entre l'obligation de fermer les cellules vingt-deux heures par jour et l'absence d'amnistie pour la deuxième année consécutive, l'ambiance est suffisamment tendue. Cette semaine, les colis ont eu du retard et certains détenus ont refusé pendant plusieurs heures de regagner leurs cellules.

— Ça sent la mutinerie à plein nez. J'ai suffisamment tiré la sonnette d'alarme ! déplore-t-il.

Quant à Pitois, son horizon est loin de s'éclaircir. Il vient de passer dix jours dans le quartier disciplinaire pour un échange musclé avec son ennemi intime, le surveillant Stéphane Corbusier. Le « Nain », comme le surnomment détenus et collègues, vient d'échouer aux tests de sélection des ERIS[2], une humiliation supplémentaire qu'il vit très mal.

Pas de remise de peine. Pitois a connu des jours meilleurs. Pour la cinquième année, il ne verra pas le grand feu d'artifice organisé à La Seyne-sur-Mer. Ce soir, il a décidé de se mettre la tête à l'envers pour oublier le grand désastre de sa vie et les douleurs de ses deux mains fracturées il y a quelques années. Des

1. Les détenus ont la possibilité de faire des achats à la cantine de la prison. L'autorisation de « cantiner » est délivrée par le chef de l'établissement et l'argent est prélevé sur le pécule du détenu.
2. Équipe régionale d'interventions et de sécurité.

blessures par balles dans une pharmacie, pendant un braquage qui a mal tourné. Depuis il est « Jésus », sans espoir de rédemption. De leur côté, ses codétenus vivent la prison comme une mise entre parenthèses, en attendant de rentrer au pays et de poursuivre leurs trafics d'armes, de cigarettes et de belles plantes au visage d'ange.

— Bienvenue au Club Merrrde ! s'exclame Luka, avec un fort accent des Balkans. Quelle merrrde ! Mes potes... les chats galeux au-dessous des fenêtres ! Et les rats ! Vous voyez énormes rats ! Pas possible... c'est dégueulasse quand même... on n'est pas des animals !

— Des animaux, mon frère ! On dit des animaux, répond Cédric, à moitié anesthésié par l'air saturé qui flotte dans la cellule. Une odeur âcre et acide s'échappe des latrines et plane dans les neuf mètres carrés qu'il partage avec ses codétenus.

— Ils puent, ces cons !

Allongé sur le lit du haut, Danis, le plus vieux des trois, fixe un misérable coin de ciel. Ce soir, ils regarderont peut-être le feu d'artifice sur la Une, en buvant quelques bières tièdes.

— Ça va, mon pote ? teste Cédric. Tu fais quoi, là ?

— Je compte avions, répond Danis.

Voilà six mois que les deux hommes ont débarqué sans plus d'explication. « Une bonne chose », a estimé Cédric, débarrassé de deux toxicomanes avec lesquels la cohabitation devenait de plus en plus difficile. Avec Luka, le courant passe bien. Danis ? Il s'en méfie et limite les échanges. C'est un faux calme. Pitois ferme les yeux et bénéficie d'une bonne protection. Après tout, ils ne lui demandent rien et depuis qu'ils sont là, tout le monde lui fout la paix… Il aurait tort d'aller leur chercher des poux dans la tête ! Du haut de ses deux mètres, Luka, surnommé le « Boucher des Carpates », ne rencontre curieusement aucune opposition…

Il est vingt heures, c'est samedi à la prison de Poissy. Les plateaux ont été ramassés depuis longtemps. Toutes les deux heures, les rondes vont s'enchaîner, jusqu'au lendemain sept heures. Les blagues s'échangent par la fenêtre, et rapidement les insultes prennent le relais…

— Au prochain match, je te fais la misère…

— J'ai pas reçu mon mandat cette semaine, tu vas cantiner pour moi !

— Dors bien, car la douche de demain va te paraître longue !

Et au milieu de tout ça, des dizaines de téléviseurs composent une belle cacophonie de concerts et de public en liesse. Certains rient, chantent, tapent des mains, poussent des cris, augmentent le son… L'exaspération est palpable et les provocations fusent dans l'indifférence générale des surveillants.

— Si l'autre nain, il vient nous réveiller à sept heures demain, je te jure, Luka, je vais pas pouvoir me retenir de lui faire la peau… La peau je te jure, mon frère, la peau je vais la lui retourner comme à un petit porcelet…

Cédric répète les mêmes mots, suffisamment motivé pour passer à l'acte, excité par les cachets de Subutex écrasés entre deux cuillères qu'il vient de sniffer.

En quelques minutes, la cour s'est transformée en décharge publique. Certains s'amusent à jeter des restes du repas à travers les barreaux et les grilles.

Quelques pigeons et de rares corbeaux plongent dans l'arène. Ils viennent se servir les premiers, franchissant on ne sait comment les filets de sécurité. Chaque espèce occupe un secteur de la prison. Les oiseaux noirs disposent des hautes cheminées du toit principal, les pigeons se contentent des miradors. Mais les zones sensibles ne manquent pas…

Depuis une semaine, les chats tentent de s'emparer du mur d'enceinte, éjectés depuis que les rats ont regagné les sous-sols et se sont redéployés du côté des cuisines. Les premiers à converger dans la coursive sont les oiseaux. Il ne faut que quelques instants aux plus gros pour s'emparer des meilleurs morceaux. Les moins rapides vont batailler pour récupérer quelques miettes du festin. Les coups de pattes, quand ce ne sont pas les griffes, répondent aux coups de bec.

— Cinq contre un que le gros roux va exploser tous les rats à la ronde ! Mate-le, ce soir, il est en forme ! s'écrie un parieur, trois cellules plus loin.

Un chat dépassant les huit kilos s'approche ventre à terre, sûr de son coup, prêt à broyer la meute. Posté à quelques mètres, il observe les rats qui foncent tête baissée dans la mêlée. La silhouette noire s'avance, et chope à la volée le morceau convoité.

— C'est le corbac qu'a tout raflé ! C'est une boucherie !

— Regarde son bec, il va exploser les moustaches du gros plein de soupe, répond un autre, trois cellules plus loin.

— Vos gueules ! lance un troisième, tu vas voir ce que je vais en faire de tes moustaches, si tu fermes pas ta petite gueule de pédé !

— Oh les gars ! Vous fermez tous la gueule, tranche Luka de sa voix puissante, peu disposé à supporter les insultes qui commencent à partir dans tous les sens...

— C'est bon, le Serbe, ça va... On va pas se laisser emmerder par des pédés quand même, grommelle le bookmaker, sans trop insister.

— T'as raison, mon frère, cloue-leur le bec à tous ces baltringues, insiste Pitois, déjà bien chaud, ils nous gonflent avec leurs paris à deux balles...

Quelques chats faméliques se disputent encore la demi-douzaine d'os restants, sous les roustes de deux nouveaux leaders particulièrement agressifs.

— Laisse tomber, c'est tous des nases. Un jour on va leur fermer leur claque-merrde une fois pour toutes.

— Mais moi, Luka, y en a un qui a pas intérêt à venir me faire chier, reprend Cédric en sortant la lame d'un couteau de sous sa couverture.

— Du calme... Pas problème, mon pote, pas problème, répète Luka, habitué à gérer les tensions entre les deux hommes.

— C'est toi qui le dis, mon frère... Corbusier, il veut ma peau, tu le sais... Il veut me changer de cellule. Rien que pour me faire chier ! J'suis dégoûté ! Il m'a foutu dix jours au QD[1]...

— T'inquiète ! T'es là maintenant. Au 142. Ce soir on va s'amuser.

— Dis-lui ta gueule, lance Danis.

Dans sa lancée, Pitois continue sa litanie.

— Il va nous mettre dans la merde, s'il continue, il faut qu'il la ferme, chuchote Danis en serbe.

Luka tend une bière aux deux hommes pour calmer le jeu.

1. Quartier disciplinaire, plus communément appelé mitard.

— On trinque, t'occupe pas.

— Saloperie, toxico, marmonne Danis avec mépris.

— Ouais, t'as raison, c'est pas ce soir qu'on va s'exciter, ça monte plus vite à la tête quand elle est chaude la binouze, et avec le subu ! whaou ! je vais me faire décoll…

L'œilleton s'est ouvert brusquement. Pitois a juste eu le temps de planquer sa lame. Corbusier apparaît sur le pas de la porte.

— Pitois, moins fort la musique ! Et ta carte bleue[1], elle est où ? Montre-la tout de suite ou je te change illico de cellule…

— J'ai plus un kopek dessus, ironise Pitois nerveusement…

— Déconne pas ! Ta carte, je te dis, et tout de suite ! ou sinon je te colle à nouveau au gnouf !

— Et moi, je te dis que j'ai trop fait chauffer la carte cette semaine ! J'ai trop fait les soldes avec ma poulette !

Corbusier s'avance. Les autres surveillants n'osent rien dire, ils restent en retrait, mal à l'aise. Henri, le plus âgé, tente de rassurer le plus jeune.

— Tu vas voir, ça va retomber comme un soufflet… Faut toujours qu'il joue les caïds avec un ou deux gars de l'étage… Pour peu que sa femme lui ait cherché des poux dans la tête avant le service… Pitois, il manque un peu de sang-froid, mais c'est pas un mauvais gars….

Isham sent que tout peut très vite déraper :

— Allez Corbusier, sors d'ici. On n'a rien à faire là…

1. Carte d'immatriculation des détenus.

— Oui, le maton. T'as rien à faire là. Tu vas pas nous casser les couilles un soir de 14 Juillet ! La grâce, c'est pas à toi qu'elle est passée sous le nez. Toi tu vas rentrer bien tranquillement chez maman. À moins qu'elle se soit fait la belle avec un ERIS ! tente Pitois, égrillard.

Corbusier se jette sur lui, l'empoigne par les épaules et tente de l'attirer dans le couloir…

— Sors de là, pédé ! Encore… Allez… Plus que quelques centimètres… et c'est comme mutin que tu vas manger ta race ! Retour au mitard à coups de Tonfa !

Pitois, mieux placé, réussit à se retourner et projette Corbusier dans le fond de la cellule. Piqué au vif, celui-ci se relève et se précipite sur son adversaire. Coups de poing et coups de pied partent dans tous les sens. Henri accourt en renfort, et se heurte au Serbe qui bouche l'entrée. D'un coup d'épaule, il le rejette violemment contre le muret qui sépare la cellule des latrines. L'homme perd l'équilibre et s'explose de tout son long sur le bord du lavabo. Isham a tout juste le temps de retirer son pied avant de se le faire écraser par la lourde porte qui se referme sur les deux gardiens et les trois détenus. Corbusier sent alors la lame glisser et buter contre sa pomme d'Adam.

— Bouge pas ou je te la tranche d'un coup sec, prévient Pitois.

Au pas de course, Isham s'éloigne de la cellule 142, direction le poste de contrôle. Luka attrape Henri par le bras pour l'attacher à son tour. L'homme ne réagit plus…

— Merrrrde ! s'exclame-t-il, le vieux, il a cané !

La nouvelle d'une prise d'otages se répand comme une traînée de poudre. En attendant qu'une équipe intervienne, tout le monde ignore ce qu'il se passe au premier étage de la Centrale. Dans un coin du PCI[1], Isham tremble, se repasse les événements en boucle. Henri lui avait confié à plusieurs reprises qu'un jour ou l'autre ça allait partir en sucette avec ce surveillant à la matraque facile. Il craque face au directeur qui l'interroge.

— Ça devait arriver, monsieur le directeur. Je vous jure, il mérite d'être de l'autre côté des barreaux… lui aussi !

Albert Mounier sait bien qu'Isham dit vrai. Et qu'il risque de sauter si un de ces hommes a mis en danger la vie d'un collègue ou même d'un prisonnier. Le cas Corbusier lui revient régulièrement aux oreilles. Il s'en veut de ne pas avoir pris des mesures disciplinaires et d'avoir cédé à la pression de certains de ses collègues…

— Avec Luka et Danis, on ne sait pas jusqu'où ça peut aller, il faut tenter quelque chose…

Dans la cellule, Luka et Danis ont réagi tout de suite. Corbusier est attaché au lit superposé et, saisi d'effroi, regarde du côté des toilettes. Sa vie vient de basculer. Son ami est mort, il baigne dans son sang et dans l'urine de trois détenus. Blême, il cherche une réponse dans les yeux de Luka.

— Tu vois la merde ! Ton collègue ! Mort ! Et toi tu nous fais chier !

— Et toi le camé, qu'est-ce qui prend à toi ? lance-t-il à Pitois.

Danis, silencieux, réfléchit à la suite.

— On fait quoi maintenant ? demande Luka en serbe.

---

1. Poste central d'information.

— C'est l'autre bouffon de Français qui doit payer, lui répond Danis.

— On a besoin de lui et aussi du surveillant. On va laisser le vieux où il est et on va créer le bordel pour faire diversion. On emmène les deux à la rotonde. Maintenant, on n'a plus le choix, faut qu'on se barre d'ici et qu'on disparaisse, propose Luka.

— On fait quoi de Corbusier, les gars ? demande Pitois, déboussolé.

— Prends-lui ses menottes et mets-lui… Et bouge pas, réplique Luka. On se tire, on n'a plus le choix !

Prostré, Cédric Pitois place un nouveau comprimé sous sa langue et regarde machinalement par la fenêtre.

— Quel cauchemar, se dit-il en regardant Henri. Pauvre gars, il méritait pas ça…

Pitois sait qu'il n'a plus voix au chapitre. Le vent a tourné, son impunité vient de cesser. Qu'est-ce qu'ils vont faire de moi ? Est-ce qu'ils vont me relâcher… ou me tuer avec le maton ? Ils vont vouloir me faire porter le chapeau. Aucun doute là-dessus.

— Préparez-vous, on va trouver autre planque. Trop dangereux rester là… On va nous tirer, comme les lapins, annonce Luka. Toi, prends le maton par les menottes et fais ce qu'on dit… C'est clair ? Vous deux, responsables de toute cette merrrde ! OK ? Il faut qu'on quitte ce bordel vite.

Pitois ne sait plus à quel saint se vouer. Otage ou complice ? Il n'a pas le choix, il doit suivre le mouvement. Dans sa poche il sent ses cachets :

— De quoi se faire un shoot magistral… et tout oublier.

Corbusier obéit sans broncher, rongé par la culpabilité. Depuis quinze ans, l'ancien lui avait tout appris.

Danis récupère le passe sur la ceinture du mort, se signe consciencieusement de droite à gauche, comme le veut la tradition orthodoxe, et recouvre le corps de son drap avant de sortir.

— Je te suis avec le maton, tu gardes bien les clefs, direction le prétoire, lance Luka à Pitois.

Danis part à l'opposé et se charge d'ouvrir un maximum de portes. En un rien de temps, tout est déverrouillé et une trentaine d'hommes s'échappent des cellules direction les cuisines, les palettes de bière et les cubitainers. D'autres préfèrent l'atelier audiovisuel, qui vient tout juste d'être équipé. Discrètement, Danis leur fausse compagnie pour rejoindre les fuyards. Des miradors, les surveillants voient des flammes s'échapper du gymnase. Une odeur âcre envahit l'aile sud du bâtiment. Dans un brouhaha général, des détenus assistent à la mutinerie et cognent à coups de gamelle et de barre de fer sur leurs barreaux pour qu'on vienne, eux aussi, les libérer. Au premier étage, seule la porte 142 est restée fermée.

Le choc passé, Isham sent une angoisse l'envahir. Quelques bribes de prières s'échappent de ses lèvres tremblantes... Il aurait pu être à la place d'un de ses collègues.

— Ça me paraît très mal parti, monsieur le directeur. Pitois, il a la haine et Corbusier aussi. J'm'excuse, monsieur le directeur... Mais Corbusier lui aussi il l'a provoqué. J'étais là et j'ai tout vu. Il est allé le chercher. C'était calme pour un samedi soir, monsieur le directeur. Y avait pas de raison de venir les emmerder. C'est un malheur, j'vous jure. C'est un malheur ! J'ai vu Henri valser dans la pièce comme une poupée désarticulée. Le grand Milovic l'a percuté de toutes ses forces. Je suis parti pour sauver ma peau. J'vous jure que tout ça va mal finir…

Le poste de contrôle s'est organisé avec les ERIS présents. Le capitaine Mercier, qui dirige l'unité formée aux émeutes, rend compte au directeur et au préfet de l'évaluation qui vient d'être faite. Les visages sont tendus. Mounier en est à son troisième café en une heure…

— On a retrouvé un surveillant mort dans la cellule 142. Il porte le matricule 3.6.8.7.12, il était dissimulé sous un drap…

— C'est Henri ! C'est Henri qu'ils ont eu ! Les salopards, s'exclame Isham.

— Impossible de savoir si les mutins l'ont abandonné avant ou après son décès, ajoute Mercier. Les cellules alentour sont vides. Les mecs sont en train de tout casser, ils n'ont rien à perdre…

Quatre hommes de Satory survolent la prison en hélicoptère, chargés d'une première reconnaissance[1]. Ils repèrent les groupes dangereux et les points à traiter au plus vite. La mutinerie gagne du terrain, une centaine de mutins est en train de saccager l'édifice. Des détenus menacent deux des quatre miradors. La 142 est sous scellés, la PJ[2] et la police scientifique viendront plus tard faire leur travail.

— Il y a des départs de feu. Il va falloir faire intervenir les pompiers au plus vite, prévoit Mounier.

1. Cellule évaluation des opérations.
2. PJ : police judiciaire.

Au Groupe, l'alerte est déclenchée. Keller a troqué son short et ses baskets pour une combinaison intégrale bleu nuit.

— Ça tombe bien, personne ne m'attend ! se dit-il, stimulé par la mission qui se profile.

Keller jette un œil sur le planning. Tom et Abel sont en mission à l'étranger, mais Simon et Alex font partie des mobilisés. Boris n'est pas loin, ils viennent de passer la journée à tester une nouvelle arme dont ils devraient s'équiper dans les mois qui viennent. Keller passe la tête dans l'armurerie, où deux hommes sont en train de vérifier les paquetages des alertes 1 et 2.

La rame est presque constituée, seule la Tronche manque à l'appel. Dans dix minutes, le hangar prendra des allures de rampe de lancement, avec des voitures alignées, des caisses de matériel dans tous les coins : chacun chargera son équipement, plus de vingt kilos de matériel. Chaque membre dispose de deux armes de poing, au cas où la première s'enrayerait, sans oublier les fusils d'assaut, les armes d'appui, les éléments d'infraction selon la phase dans laquelle ils vont intervenir.

— Moulins-Yzeure ? demande Simon en déboulant dans la salle de réunion.

— Non, maison centrale de Poissy. Trois DPS [1] retiennent en otage un surveillant. Parallèlement, on a une centaine de loulous en balade dans l'enceinte. Ils ont déjà foutu le feu au gymnase et bousillé des ateliers. Les mecs sont au courant qu'un surveillant est retenu en otage… et apparemment, c'est loin d'être le plus aimé, expose Keller.

1. Détenu particulièrement sensible.

— Pourquoi un seul otage ? T'as parlé d'un troisième ? Où est le second ? coupe Simon.

— C'est là que ça se corse… Les ERIS ont retrouvé un surveillant mort dans la cellule. Rixe, accident, homicide volontaire ? On ne sait pas exactement ce qui a provoqué le bordel. En gros, les mecs vont vouloir tailler la route…

Keller déplie une carte de la prison et expose en détail les différentes problématiques :

— Primo, la mutinerie. Le Bronx sur l'aile sud, le rez-de-chaussée, la cour. Secundo : la prise d'otages. Nos gars ne sont pas encore localisés.

— Qui sont les preneurs d'otages ? demande Alex.

— Cédric Pitois alias « Jésus », trente-cinq ans, tombé pour braquages multiples et homicides volontaires, enfermé depuis cinq ans, il en a encore pour une petite dizaine. Luka Milovic, quarante-cinq ans, surnommé le « Boucher des Carpates » par tous les pensionnaires, une armoire à glace aux allures de chasseur d'ours ! Danis Kusto, cinquante-cinq ans, dit le « Muet », tous les deux Serbes pure souche, proxos et trafics en tous genres… Ils sont plus compliqués à cerner. On les soupçonne d'appartenir au milieu ultranationaliste, et en particulier, dans la mouvance des Bérets rouges de Belgrade[1]. Nos deux gars ne sont pas sur la liste du TPI[2], mais ce ne sont certainement pas des enfants de chœur… Ils ne pensent qu'à retourner dans leur pays. Étonnant de les trouver à l'origine de

1. Mouvement officiellement dissous en 2003, mis en veille et réactivé quelque temps avant l'indépendance du Kosovo.
2. Tribunal pénal international de Yougoslavie, chargé de rechercher les criminels de guerre en fuite.

cette mutinerie. Will a interrogé le troisième surveillant qui a sauvé sa peau. Le problème vient sans doute de Pitois, qui entretenait des rapports très conflictuels avec le dénommé Corbusier. Dans dix minutes, rassemblement dans le hangar !

La rue de l'Abbaye, si calme à l'accoutumée, vit les premières heures d'une nuit placée sous le signe de l'anarchie. Une à une, les vitres explosent sous la chaleur et les coups de gourdin. Progressivement, les riverains en goguette sont redirigés vers la mairie en attendant que le calme soit rétabli.

Tout est prêt pour l'intervention. Reste au GIGN d'obtenir carte blanche. Les ERIS sont débordés et, entre le préfet et l'administration pénitentiaire, la gestion des prisons demeure ultrasensible… Le feu gagne du terrain, l'alcool coule à flots et les esprits s'échauffent. À tout instant des problèmes se surajoutent. Un homme vient de s'écrouler au milieu de la cour, un couteau planté dans la jambe. En quelques secondes un essaim de détenus se disperse.

La majorité regagne directement les cellules, espérant passer au travers des sanctions. Une vingtaine d'irréductibles déambulent encore dans les couloirs, cherchant à régler quelques comptes.

Mais pour l'heure, ce qui inquiète le plus les autorités, c'est le sort réservé au surveillant…

— Je vous présente le chef Will Arno, responsable de la cellule négociation au Groupe, annonce Keller en entrant dans le bureau du directeur.

— Ce qu'il faut savoir, c'est qu'ils n'ont aucun intérêt à toucher à l'otage. Tant qu'ils n'ont pas exprimé de revendications, ils ne tenteront rien sur lui, c'est leur seule monnaie d'échange, précise le négociateur.

— Alors nous sommes tous d'accord, il faut éviter tout coup de feu ! précise le directeur.

— Notre priorité au Groupe est la résolution des conflits sans avoir à recourir à la force, mais l'assaut…

— Nous sommes sur la même longueur d'onde, coupe le préfet embarrassé.

— L'assaut étant envisagé en dernier recours et dans le respect le plus strict du cadre légal, reprend Keller habilement.

Le capitaine n'en pense pas moins…

— Ça promet, les gars ! glisse-t-il à ses collègues. On a affaire à des vrais plats de nouilles qui ne vont pas nous lâcher d'une semelle…

À minuit, les gendarmes ont pris position autour de la prison. Les pompiers du CODIS[1] peuvent accéder à certaines zones sinistrées. Le caractère imprévu, presque involontaire du soulèvement facilite la reprise rapide des lieux par les forces de l'ordre. Les surveillants sont restés calmes dans les miradors protégés par quelques gendarmes mobiles. Pour une majorité de détenus, c'était juste l'occasion de se défouler, sans intention de faire le siège toute la nuit. Certains ont déjà dégrisé. L'idée de devoir être transférés le temps que la prison soit remise en état dans d'autres centres de détention les fait tout à coup moins rire…

— Et ma femme ? Comment elle va venir me voir si on est placé à deux cents kilomètres ! se demande un détenu.

Les dégâts se chiffrent en centaines de milliers d'euros : des ateliers dévastés, des douches arrachées. Une poignée de détenus résistent encore, mais un deuxième survol en hélicoptère calme les ardeurs.

1. Centre opérationnel départemental d'incendie et de secours.

Lorsque le téléphone sonne dans le poste central, l'étau s'est resserré. Will décroche et écoute en silence, une minute tout au plus, les revendications, et raccroche :

— C'est Corbusier, rapporte-t-il calmement. Ils le retiennent. Ils veulent une voiture et un avion équipé en parachutes. Sinon, ils le tuent.

— C'est tout ! C'est tout ce qu'il vous a dit ? demande le directeur désarçonné.

— C'est déjà pas mal. Ils annoncent la couleur et veulent faire croire qu'ils ne vont pas discuter le bout de gras. Le contraire aurait été étonnant, précise Keller. Ils vont nous rappeler. C'est Will qui dirige la négociation, en attendant on va les loger une fois pour toutes.

— Je vous demanderai de nous laisser prendre la direction des opérations et de vous faire le plus discrets possible, pour la bonne marche de l'opération. Vous comprenez la gravité de la situation et la nécessité pour nous de rester totalement concentrés. Tout peut déraper très vite. N'hésitez pas à aller boire un café, je vous tiens au courant de l'évolution, la nuit sera longue… Le temps est souvent un allié précieux, ajoute-t-il avec la ferme intention de se débarrasser des officiels.

Simon s'est plongé dans ses équations, la charge doit être calculée au gramme près, un travail qui nécessite une grande précision. Capable de se mettre dans une bulle dès qu'il s'agit de fabriquer des explosifs ou un système d'écoute, il prend des airs d'inventeur fou. Densité, surface rencontrée nature du produit, tout compte au détail près. Un mélange détonant qui va pulvériser les deux portes et permettre aux équipes de rentrer.

Il faut tester l'engin sur des portes similaires. Le directeur de la prison emmène une équipe dans un bâtiment éloigné.

À quelques mètres de là, égarés dans les couloirs, trois hommes cherchent un moyen de se rapprocher de la sortie. À la chaleur de la nuit est venue s'ajouter une odeur de gaz lacrymogène et de plastique brûlé.

Une explosion les arrête net dans leur progression.

— Whaou ! s'exclame le bookmaker. Ça sent le GIGN à plein nez… Fini les paris ! On se casse d'ici.

Yann cherche un emplacement de tir qui pourra lui permettre d'appuyer ses camarades. Des pneus fument encore aux quatre coins de la cour. Tous les bâtiments donnant sur cette promenade ont été vidés de leurs occupants pour permettre aux gendarmes d'intervenir. Les chats se sont éclipsés, cédant leur place à ces hommes sans visage qui grimpent sur les surplombs qu'offre l'enceinte. Un feu de poubelle s'épuise, une porte à moitié dégondée claque au vent. Partie du sol, une silhouette se hisse plus aisément que les autres sur le mirador, à la recherche du point d'appui idéal.

Yann distingue enfin les deux Serbes dans sa lunette. Ils discutent, semblent s'agiter, pas tout à fait sur la même longueur d'onde. Les deux autres hommes échappent à son champ de vision.

Pitois sait qu'il n'en a plus pour très longtemps. Un homme est mort à cause de lui, les deux Serbes lui en veulent et vont lui faire payer l'accident. Il se bourre de cachets. Ses pensées s'embrouillent, il lutte pour ne pas sombrer dans un profond délire.

— À quelques mois de la retraite… Quelle merde ! Henri, c'était loin d'être le pire. Lui au moins, il n'était pas derrière nous à nous harceler… Alors que l'autre con, là !

La tête entre les mains, il cherche une raison d'y croire encore. Mais il n'est plus capable de réfléchir…

— Pauvre mec, tu t'es tiré une balle dans le pied…

Il décroche.

Corbusier récupère la plaquette de cachets qui dépasse de sa poche. La chaleur qui s'est emmagasinée dans la pièce ne parvient pas à réchauffer ce grand corps à bout de forces.

— Il délire complètement, il en est à combien de pilules ? Il est en train de mourir à petit feu, son cœur va finir par lâcher…

— Toi le maton, mets-toi là ! À côté du légume.

Danis attache les deux hommes au radiateur et balance un gros coup de pied à Pitois pour tenter de le sortir de son délire.

— Regarde ! Il a plus de face ! lance-t-il à Luka, on va faire quoi de cette crevure ! T'as défendu une crevure… T'aurais dû le laisser dans sa merde ! Tu rêvais de Belgrade, t'as tué un mec et tu nous as mis dedans… Adieu Belgrade…

— Je fais le zéro avant t'as dit ? lance Luka au surveillant.

— D'abord le 0 et ensuite 2-2-5-5.

— Vous allez écouter ce que je vais vous dire, hurle Luka dans le combiné. Moi et mon copain on veut sortir d'ici, coûte que coûte ! On veut une voiture et un avion. Villacoublay c'est le plus près. Un pilote et deux parachutes. On a deux otages, Pitois et Corbusier, vous connaissez. Le maton, il compte pour vous, pas pour nous, on sait. On tue le prisonnier en premier, il compte moins, on n'en a rien à foutre ! Si vous faites pas ce qu'on a dit on n'hésitera pas.

— Les choses ne sont pas simples, monsieur Milovic. Vous savez qu'on a retrouvé un homme mort dans votre cellule, le surveillant Gilles Henri ?

— C'est Pitois..., ce bâtard ! Il a voulu planter le maton.

— Ce que vous me demandez n'est pas simple à obtenir en quelques minutes. Je dois en parler aux autorités compétentes. Il est minuit dix, je reprends contact avec vous dans une heure...

— On les tue si vous refusez nos conditions... Luka a raccroché.

Les hommes du groupe progressent. Entre la rotonde et le prétoire, un seul sas les sépare maintenant des ravisseurs. Ils sont pris en tenaille. Pendant que les équipes d'assaut étudient la meilleure manière d'investir la pièce sans risque de riposte, la Tronche repère des ouvertures le long des plinthes, avec l'intention de placer de la fibre optique !

— Avec les ventouses, on va pouvoir s'inviter chez eux dans quelques minutes !

Une vaste pièce jouxte le prétoire, seul vestige de l'ancien couvent. Des petites grilles en laiton ont tout de suite attiré l'attention de Simon.

— Ça doit communiquer !

— Vous savez que le bâtiment date de la Renaissance et qu'il est classé ? lui précise le directeur en passant derrière son dos.

Le gendarme, peu habitué à être dérangé en plein travail, le regarde interloqué :

— Pas de temps à perdre, monsieur le directeur. Je reçois mes ordres de mes supérieurs et j'assure ma mission.

Keller n'y va pas par quatre chemins…

— Un de vos surveillants est mort, l'autre est dans les mains de deux individus très dangereux. Pour que tout se passe au mieux, nous avons besoin de votre entière collaboration. Je ne prétends pas connaître votre travail et je ne juge pas vos compétences. Mais les vôtres s'arrêtent là où les nôtres commencent. J'ai obtenu le feu vert du préfet, je vous demande donc de laisser mes hommes creuser des trous où bon leur semble.

Les plafonniers sont éteints. Ni la lune pleine ni les étoiles ne parviennent jusqu'au fond de la cour. Sous le mirador n° 3, Yann a trouvé sa planque et observe les deux mutins.

— Simon de Yann : Ils sont debout, ça discute pas mal. Le vieux menace les hommes à terre avec son couteau…

— la Tronche ? demande le tireur, tu me confirmes que les deux autres sont bien à terre ?

— Affirmatif. J'y suis c'est bon, le son et l'image, impeccables ! Les targets parlent en serbe. La traduction, on va s'en passer. Ils s'engueulent, c'est bon pour nous. Les deux autres sont allongés au sol, sous la fenêtre. Ils sont attachés au radiateur. Je les ai sous le nez. Le surveillant n'est pas très rassuré, il transpire beaucoup. L'autre bouge pas d'un cil, en pleine descente… Les Serbes sont à l'affût du moindre bruit, surtout le plus jeune, celui qui parle au téléphone avec Will.

L'obscurité enveloppe l'aile sensible du bâtiment. Tous les projecteurs ont été éteints pour faciliter la progression des appuis. Deux hommes postés dans le mirador observent la façade, munis de leurs lunettes à visée nocturne. À cette heure, avec son escadron de gendarmes mobiles, posté autour et dans tous les coins du bâtiment, sans oublier les vingt membres du GIGN à pied d'œuvre, Poissy est devenue la maison centrale la mieux gardée de France.

— Keller de Yann, tu me reçois ? Je suis aux premières loges, j'ai les deux Serbes dans mon viseur...

Un Accuracy 308 - Simrad[1] pointé sur Luka, Mako suit le moindre changement d'humeur.

— Le vieux Kusto a la bougeotte. C'est Luka qui conduit la négo. J'ai pas les deux autres, c'est Simon qui les a en visuel. Les mecs ont les jetons. Ils n'ont pas l'air si soudés que ça.

Le capitaine Keller note tout ce que lui dit Yann et répercute toutes les infos aux équipes postées derrière les portes.

— La Tronche de Yann, t'entends quelque chose ? T'as quelque chose au sol ?

— Affirmatif, Mako... J'ai le nez sur les deux otages...

— OK, moi je vois les deux autres, je les ai pile dans mon viseur. À nous deux on a l'ensemble. Comment ça se passe de ton côté ?

— Pitois est en pleine descente, totalement HS. Il a dû se charger comme une mule. Corbusier est calme, les yeux dans le vague, il regarde pas mal à l'extérieur. Il doit attendre qu'on vienne le chercher !

— Ils sont où exactement ?

1. Fusil de précision, version améliorée de la 12.7, muni d'une lunette Simrad en vision de nuit.

— Juste sous la fenêtre !

— Les miens sont à 1 heure porte A et à 11 heures porte B, ils se rapprochent de temps en temps pour se parler, mais restent surtout au fond. Le téléphone mural est en A. Tu vois des armes ?

— Pas de calibre, deux lames. Ils regardent leur montre toutes les trente secondes, ils sont fébriles, précise Simon.

Will reprend la main…

— C'est normal ! On aurait dû les rappeler depuis trois quarts d'heure ! Ils bluffent, ça ne fait aucun doute. Mais il suffit d'un coup de lame et ça peut tout faire capoter.

Le négociateur veut tenter une dernière fois de convaincre les hommes de se rendre. Il se souvient de la première prise d'otages à laquelle il avait participé et pendant laquelle un surveillant et un détenu avaient été tués. C'était à la centrale de Clairvaux, dans l'Aude, huit prisonniers avaient réussi à prendre la fuite.

— Luka. C'est encore possible de vous rendre. On peut vous passer votre avocat ou le faire venir. Est-ce que vous voulez qu'il vienne parler avec vous ?

— Tu veux gagner du temps ? Moi, je veux la voiture et l'avion ! se fâche le Serbe. Je tue le premier maintenant, c'est oui ou c'est non ?

— NO WAY[1], griffonne Will à son adjoint, qui répercute l'info aussitôt.

— Il est inloupable, je suis sur son épaule gauche, sur la gauche… Je ne la quitte pas, répète Yann, j'attends le top…

— J'ai pas le feu vert, insiste le capitaine.

1. « C'est sans issue. »

— Danis a changé de place. Il s'est rapproché de la porte A, j'ai dit porte A. Ils tournent le dos à B. Équipe B, je répète, Équipe B a un boulevard devant elle ! précise Yann.

— TIENS-LE ! déchiffre Will sur un papier que l'on vient de lui faire passer.

— OK. On a la voiture devant l'entrée de la prison, poursuit-il le plus calmement du monde. L'avion est en route…

— D'où il vient ?

— De la base aérienne…

— Combien de temps encore ?

— Évreux… Il vient d'Évreux l'avion.

— Je m'en fous ! lâche Luka. On veut se tirer, tout de suite ! T'as compris ?

— Il passe sa lame à Kusto, c'est pas bon du tout ! indique Yann.

— Porte A prête ! Porte B prête ! Mako prêt, annonce Keller dans les oreillettes.

— Vous relâchez le surveillant et on négocie votre sortie…, propose Will.

— Pas question, on relâche le premier gars quand on sera dans la voiture, pas avant…

Boris et son groupe se plaquent au mur en attendant le décompte final. En quelques secondes, la porte va céder et ils doivent maîtriser les deux hommes armés. Derrière le bouclier de vingt-cinq kilos, ils attendent, révisant mentalement tous les gestes mille fois répétés en exercice. Boris coordonne le binôme d'assaut formé par Alex et Tom.

Plus un mot. Tout passe par les gestes. Abel en couverture s'assure qu'aucun danger ne survienne à l'arrière…

De l'autre côté, ça sent la fin, les preneurs d'otages s'agitent. Luka se retourne…

« Si on casse la porte maintenant, on les neutralise sans qu'ils aient eu le temps de réagir… », songe Keller.

Le capitaine décide de passer les codes…

— 3, 2, 1, top action ! lance-t-il.

Dans l'axe, Corbusier voit simultanément deux portes se dégonder et un nuage de « gaz incapacitant » se répandre dans toute la pièce. Une nuée d'hommes en noir fond sur les deux hommes.

Surpris par la rapidité de l'intervention, Kusto se laisse emmener au sol, sans résister. Luka tente de se jeter sur le surveillant pour lui mettre son compte. Il se heurte à Boris, qui lui saisit le bras et le plaque contre le mur.

— Si tu bouges, je te le brise en deux !

En boule, Corbusier protège sa tête des coups qu'il s'attend à recevoir… Il voudrait crier, il n'y parvient pas, ses poumons brûlent. Alex s'assure qu'il n'est pas blessé et le rassure sur la fin de l'intervention. Sans tarder, les gendarmes évacuent les deux Serbes.

Un œil veille sur eux, Yann observe la scène à distance. Tant que Keller n'aura pas levé le dispositif, il maintiendra sa position d'appui. Chaque position compte, tous les paramètres contribuent au succès de la mission. Sans l'intervention rapide du médecin du Groupe, Pitois glissait dans un coma profond et irréversible. Une fois encore, le GIGN aura permis de sauver des vies.

La justice prise en otage

Dans cette ville cernée par les montagnes, l'hiver livre au printemps sa dernière bataille : les massifs brumeux retiennent depuis quarante-huit heures deux jeunes skieurs chevronnés, enfants de la vallée grenobloise. Ils sont coincés à trois mille mètres d'altitude. D'heure en heure, les espoirs de les retrouver s'amenuisent. Le mauvais temps empêche toute approche. Les hélicoptères attendent une accalmie pour tenter l'impossible. En fin d'après-midi, une équipe du PGHM[1] de Chamonix a été héliportée jusqu'au dernier refuge.

Au même moment, dans la ville, « Europole » se vide de ses hommes d'affaires, pressés de rejoindre leur foyer. Les derniers TER[2] quittent la gare, direction les faubourgs, tandis qu'un autre sauvetage s'organise. Pour les hommes de Keller, la nuit risque d'être longue, elle aussi… Adossée à une tour ultramoderne, une vieille bâtisse tombe en ruine, le palais de justice tranche avec la modernité des bâtiments voisins; il sera bientôt rasé et une autre tour viendra le remplacer.

1. Peloton de gendarmerie de haute montagne.
2. Train express régional.

Six hommes chargés comme des mules traversent la gare routière battue par un vent glacial, et s'engouffrent dans l'édifice. Ils ont quitté Satory il y a moins de trois heures, informés minute par minute de l'évolution de la crise qu'ils viennent dénouer.

Radios et télévisions commencent à relayer une information, partiellement confirmée par la préfecture de l'Isère : des coups de feu nourris ont été entendus vers 19 heures au sein même du tribunal. Trois individus retiennent une quinzaine d'otages. Deux individus sont venus prêter main-forte à un braqueur multirécidiviste en cours de jugement. Une équipe de « dépiégeage », dont certains spécialistes NEDEX [1] comme Dany, sont partis sécuriser la zone.

Comme toujours, le capitaine Keller a flairé la course au scoop. Certains journalistes sont déjà à pied d'œuvre et tentent de contourner les barrages de police. À la télévision, comme à la radio, chacun y va de son hypothèse et les comparaisons avec d'autres affaires du même type [2] nourrissent en boucle les flashes. « Les gendarmes du GIGN feront-ils mieux que les policiers du RAID ? » s'interrogent certains « bookmakers » de l'info.

Au premier étage du palais, les preneurs d'otages s'agitent, grenades dégoupillées et armes de poing bien en main. Boris et son adjoint ont trouvé dans l'immeuble d'en face un point d'appui à portée de tir en cas d'assaut. Un drap blanc tendu sur une des fenêtres les prive d'une bonne partie du spectacle. À l'intérieur,

1. Neutralisation enlèvement et extraction d'explosif.

2. Palais de justice de Nantes, le 19 décembre 1985. Les magistrats et jurés de la cour d'assises de Loire-Atlantique sont pris en otages par Georges Courtois et trois autres truands, dans le box des accusés. Tous les otages ont été libérés par le RAID, sans une goutte de sang versé.

Dany, chargé du déminage, s'arrête devant chaque pas de porte, scrute le passage et donne son feu vert. Pas simple de se repérer dans ce dédale de couloirs. Les entresols mènent aussi bien à des bureaux en enfilade qu'à des culs-de-sac... Au pied d'un escalier, le démineur hésite :

— On est parti du hall principal... on est maintenant à l'arrière du palais. Par ce petit escalier, on devrait se rapprocher de la salle des délibérations, par où entrent et sortent les jurés...

Pas de chance, le plancher craque de tous les côtés... La moindre porte grince, les fenêtres disjointes créent des courants d'air. Une odeur de vieux papiers flotte dans les couloirs. Les dossiers s'entassent : meurtres et attaques à main armée sont en attente de jugement.

« Un miracle que ça tienne debout ! » s'étonne Simon en voyant des piles qui menacent de s'écrouler... Ils ne connaissent pas l'informatique ici...

Dans ce capharnaüm, Dany et la Tronche se fraient tant bien que mal un chemin... Le premier repère le bon coffrage :

— Derrière cette cloison, tu as toutes les commandes de la salle d'audience... Il est placé juste derrière les jurés.

— À toi de jouer ! chuchote le démineur. Mets-nous le son et l'image, si possible...

— Avec cette nouvelle fibre optique, on devrait capter tous les mouvements à l'intérieur et on va être aux premières loges...

Dans le hall principal, Keller, adossé aux grandes colonnes gothiques, cherche à reconstituer le déroulement de la journée et l'itinéraire des preneurs d'otages… Qui sont ses adversaires et comment les contrer ?

Dans ce tribunal plutôt tranquille, les événements se sont enchaînés de manière dramatique ces dernières heures… À 18 h 45, le président Givier a demandé une très courte suspension de séance. Une affaire de braquages classiques, plutôt la routine, avec un client de mauvaise foi et une sévère condamnation probable… L'avocat fait grise mine. Slimane n'a pas contesté sa culpabilité, mais ne montre aucun signe de regret. Par expérience, l'avocat sait que son prévenu n'a pas ému les jurés…

Les trois magistrats ne se font pas non plus beaucoup d'illusion sur la capacité de l'accusé à se réinsérer. Cet ancien boxeur de trente-cinq ans, mêlé à toutes sortes de trafics, accro à l'héroïne, « tapera » dès sa sortie de prison. Il a misé sur le braquage comme on joue à la roulette russe… Son parcours criminel n'a aucune chance de s'arrêter là. Dès les premières minutes de son procès, Slimane s'est extrait des débats et attend sa condamnation. Dans le box, il ferme ses poings…

« Pas si impassible… », observe le gendarme, posté à moins d'un mètre derrière lui.

L'homme regarde sa montre, puis la sortie, puis à nouveau sa montre…

« Qu'est-ce qu'il mate ? » se demande le gardien.

Puis fermement :

— Calme-toi ! Les débats reprennent d'une minute à l'autre… T'avais qu'à demander à sortir plus tôt. Maintenant tu vas rester bien tranquille. T'auras tout le temps de t'exciter en retournant au trou…, conclut l'homme, mal à l'aise.

Slimane a mal. Il transpire, s'essuie le front sur son revers de manche. Trop de coups, trop de défonce. Une plaquette entière d'antalgiques fournie par la prison n'a pas suffi. Il sait que ce genre de crise se termine à l'hôpital.

« Une bonne dose de morphine, c'est ça qu'il me faut. Mieux vaut quelques jours de cavale dans les montagnes de l'Atlas qu'une vie de chien derrière les barreaux ! Même si je dois finir avec une balle entre les omoplates, je vais leur montrer à ces connards qu'on ne coupe pas les ailes à un homme comme moi. »

Le gendarme sent que l'homme perd patience. Il jette un coup d'œil sur la feuille de séance :

« Un collègue de plus, ça n'aurait pas été de trop... »

Les débats sont clos. La médiocre plaidoirie de maître Défossé n'a pas passionné les auditeurs libres qui hantent habituellement les tribunaux, excepté un garçon d'une trentaine d'années qui suit les débats dans ses moindres détails. Julien Savige avait vingt-cinq ans lorsqu'il s'est retrouvé enfermé dans la banque avec Slimane. Il n'attend pas grand-chose de ce procès, si ce n'est une réparation psychologique. L'homme n'a pas daigné croiser son regard une seule fois, comme s'il niait jusqu'à son existence.

Il se souvient de cette arme froide, qui depuis n'a plus jamais quitté sa tempe. C'est comme s'il vivait avec... Le braqueur nie toujours l'avoir jamais sortie de son sac.

— De toute façon, elle était fausse, clame-t-il avec une désinvolture qui agace le président, je ne suis pas un professionnel... La preuve ? J'achète le matin un pistolet au rayon jouets d'un grand magasin et je « tape » au hasard...

— Notre victime et plaignant doit lui aussi s'en prendre au hasard ? lui rétorque le juge. Soyez sérieux, monsieur Slimane ! Vous faisiez un repérage avant chacune de vos attaques… Certains employés se souviennent de vous avoir vu rôder dans les parages la veille et l'avant-veille du braquage…

Julien, lui, n'a rien oublié de cette journée. Le procès ne fait que raviver ses blessures. Sous ses yeux, dans une vitrine, les pièces à conviction sont autant de stigmates de cet épisode douloureux : des casquettes, des protège-dents, un sac de sport retrouvé dans le coffre d'une Clio volée quelques jours avant les faits et dans laquelle la police a prélevé l'ADN du braqueur, ainsi qu'un pistolet en plastique. Quant à l'arme présumée réelle, elle n'a jamais été retrouvée. Seul un cliché pris dans le sas de sécurité laisse deviner un Makarov 7 mm dans les mains du braqueur.

Lors de son audition, Julien a déclaré qu'au moment où il avait refusé de le suivre… Slimane l'avait traité de bâtard et l'avait menacé de lui faire la peau.

— Il m'a empoigné. Je l'ai accompagné jusqu'à une Clio rouge immatriculée dans les Yvelines. Il m'a forcé à monter avec lui. Pendant tout le trajet, il a accusé la terre entière d'être responsable de toute cette merde, de toute cette misère qui l'obligeait à recommencer à braquer. Il m'a relâché à la porte d'Italie avant de filer vers le Kremlin-Bicêtre. Je me souviens de son regard… Je me suis juste dit que j'avais eu de la chance de m'en sortir vivant… Ne croyez pas qu'il est le seul à vivre en prison.

Il s'arrête un moment, puis reprend révolté :

— Moi aussi je me sens dans une cellule ! Encore plus exiguë que la sienne. Pour lui, la vie n'a pas de prix !

Slimane l'observe à la dérobée. Il regrette de lui avoir laissé la vie sauve…

Défossé se retourne vers son client. Pour la seconde fois, son nez saigne abondamment. Un coton lui déforme la narine et lui donne un air totalement ridicule.

« Ça me donne soif ce goût de sang dans la bouche… quand est-ce que ça va s'arrêter ? »

Fatigué par des mois de procès à la chaîne, l'avocat est au bout du rouleau. Il fouille dans sa sacoche, plus de mouchoir non plus ! L'hémorragie redouble et vient imbiber sa moustache jusqu'au bord supérieur de la lèvre :

« Allez, tant pis, je fonce ! »

« Un bouffon ! Ils m'ont collé un incapable… Il pourra me remercier de lui accorder la vie sauve… »

19 heures. Une cireuse ronronne au loin, le technicien de surface regarde le grand cadran qui orne la salle des pas perdus. Il n'est pas en avance… Un bruit de clefs et quelques murmures mériteraient qu'il s'arrête quelques instants.

« Pas le temps ! » conclut-il en redémarrant sa machine.

Défossé rince le lavabo maculé de sang, puis tente de faire sécher sa manche sous le distributeur d'air chaud en repensant à l'attitude parfois étrange de son client :

« Il a regardé sa montre… Il semblait chercher quelque chose… ou quelqu'un, oui… Merde ! Il prépare un truc ! »

Trop tard ! Sous ses yeux, deux hommes cagoulés remontent l'escalier en se servant du gardien en faction comme bouclier humain. L'homme est catapulté dans la salle, les jurés se mettent à crier, Slimane plaque au sol le gardien qui est assis juste derrière lui et s'empare de son arme. Quelques personnes placées près de la sortie, sans qu'on sache réellement combien, profitent d'un instant de flottement pour s'enfuir…

— Personne ne bouge ! C'est une prise d'otages !

Les armes de service ont changé de main. Tout le monde est rassemblé au centre de la pièce. Slimane prend appui sur la balustrade, sort du box. L'index pointé sur chacun. Il compte les jurés. Neuf. Il en désigne un au hasard :

— Tu vas t'arracher d'ici et donner mes conditions. Je ne reconnais pas votre justice. Un seul peut me juger ! dit-il en désignant le ciel. Je veux livrer ma version aux médias et décamper. Tu dis à ces bâtards qu'il nous faut un hélicoptère et du fric : cinq cent mille dollars, pas des euros. Dis-leur qu'on est prêt à tout faire sauter. Ne joue pas avec moi ou vous perdrez à coup sûr…

L'autre hésite…

— File avant que je te bute !

Dans ses yeux, le magistrat lit toute la haine de celui qui s'est vu martyr et qui devient tyran. Perdus au milieu de l'immense salle, les douze otages, désorientés, restent sans réaction.

— L'autorité a enfin changé de mains ! Toi ! Tu te mets où je te dis ! J'entends qu'on m'écoute. Vous allez voir ce que ça fait d'être jugé par un tribunal !

Avec un maximum de tact, Keller et Will Arno recueillent toutes les informations du rescapé. Puis ils s'isolent quelques instants.

— Reprenons depuis le début, résume le capitaine. Deux profils possibles : Un mec qui veut qu'on le suicide ou un mec pas net qui va jusqu'au bout... On va très vite en avoir le cœur net. Mais je penche plus pour la deuxième option. Le mec n'est pas un pro, mais il dispose de grenades et peut-être même d'un peu d'explosif... Il peut faire du dégât. Qui sont ses complices ? Des moutons ? Des pros de l'évasion ? Quoi qu'il en soit, c'est dans les forteresses qu'on a les plus grosses failles.... On peut avoir le meilleur dispositif du monde... Si la routine s'installe, la vigilance s'étiole... Vendredi soir, couloirs vides, personnel de surveillance réduit... Pas de grands procès surmédiatisés... juste un caïd du coin, bien organisé, qui compte sur ses copains pour échapper à dix ans sous les verrous... Il n'a rien à perdre, en revanche ses camarades pourraient voir d'un mauvais œil son délire mégalo.

— On va les secouer. Changer de registre, il ne faut qu'à aucun moment ils se sentent en sécurité...

— On a carte blanche, capitaine ? demande Yann par radio, pressé d'en découdre.

— Pas encore... Le préfet fait la gueule... Il aurait préféré que ce soit le RAID[1]. Le proc n'est pas mûr pour une intervention musclée..., l'assaut n'est pas à l'ordre du jour.... Will tente un contact. Terminé.

Dans la salle d'audience, les trois malfrats ont imposé le silence.

Simon travaille à améliorer les « images » qu'il capte tant bien que mal. Les plafonniers diffusent une lumière

1. Le territoire français est découpé en zones administratives que se partagent les groupes d'élite du type RAID et GIPN pour la police, ainsi que GIGN et les récents GIR (Groupement d'intervention régionale), pour la gendarmerie.

verdâtre, sans éclat. On ne fait que deviner quelques silhouettes… Ce sont finalement les conversations entre les ravisseurs et les otages qui lui donnent le plus d'éléments.

Slimane ferme les yeux, serre les dents. Son dos le trahit et les anti-inflammatoires lui vrillent l'estomac.

— Ce mec est malade. On va chercher à savoir ce qu'il a. Il ne se déplace pas bien. Le dos. C'est son dos… Il boite et se tient la jambe de temps en temps, comme si elle était ankylosée. Quelque chose cloche…

Will note sur le tableau : « Médocs ».

— On fait quoi maintenant ? chuchote un des complices au meneur.

— On attend qu'ils cèdent et on ne s'excite pas !

Slimane n'a pas peur. À cet instant, la vie et la mort n'ont plus d'importance. Le monde est enfin à ses pieds. Il y a encore quelques heures l'homme attaché à la table avait le pouvoir de l'envoyer moisir en prison pour les dix prochaines années. Son sort est désormais entre ses mains.

— D'homme à homme, les yeux dans les yeux… assène-t-il. Si je n'obtiens pas ce que je veux, vous y passerez les uns après les autres… Je te réserve le meilleur pour la fin !

Plus le temps passe, plus les otages redoutent une intervention de la police. Chacun se mure dans le silence, cherche une issue possible, un endroit où se protéger des balles en cas d'assaut. Qui défendre ? Qui protéger ? La stratégie de Slimane commence à payer : la menace se déplace. Le danger change de visage.

Au fil du temps, Julien Savige s'est persuadé qu'il connaissait le braqueur mieux que personne. Maintenant, il se sent prêt à affronter ce fantôme qui le hante depuis le premier jour. Une pensée lui traverse l'esprit :

— Et si je liquidais cette vermine !

Will a accepté de laisser une chance à l'avocat de raisonner son client. Défossé a toujours gardé dans un coin de sa tête des restes de « pensée magique ». Il veut encore croire à une rédemption possible. Comme s'il voulait se convaincre qu'il ne s'était pas trompé sur lui. Une autre pensée le taraude : aurait-il pu faire quelque chose s'il était resté dans la salle d'audience ? Aurait-il pu le convaincre de ne pas passer à l'acte ?

Keller n'est pas contre une négociation par téléphone. Même s'il doute que Slimane puisse faire marche arrière.

De son côté, Will prépare l'avocat à la douche froide.

— Vous devez reconsidérer la personne que vous avez en face de vous. Ce n'est plus le même homme. Peu importe sa sincérité, passée ou à venir. L'enjeu a changé, le contexte aussi... Il détient des explosifs et menace avec des armes. Votre homme est prêt à se faire exploser avec des innocents pour sortir la tête haute. Peu importe qu'il ait été jugé justement ou injustement. Lorsque vous allez vous adresser à lui, il ne va pas vous faire de cadeau... Ne lui en faites pas. Ne fonctionnez pas sur l'affect, il est pervers et narcissique, ne l'oubliez pas.

— Je le défends, il me connaît...

— Je ne pense pas que vous le connaissiez sous ce jour. Il est passé à autre chose... S'il joue sur l'affect, je reprends la main tout de suite, conclut Will. Lorsque je vous fais signe, vous vous arrêtez net. On est OK ?

Défossé acquiesce. Sur le tableau, Will Arno inscrit des mots à proscrire et d'autres à placer dans la conversation. Figurent également des remarques sur le profil de Slimane, sa situation personnelle, ses capacités intellectuelles, sa vie ici et celle qui l'attendait « là-bas », au bled. Des points d'accroche pour tenter une dernière fois de le ramener à la raison : famille, enfants, chef de clan, etc.

« Tant qu'il n'est pas dans un délire aigu de schizo… il y a toujours un espoir », se dit-il.

L'avocat prend le combiné en se mangeant la moustache.

— Tiens ! c'est mon baveux ! s'exclame Slimane.

« Ça commence mal… », se dit Will.

D'un geste, Will Arno apaise l'avocat, décontenancé par le mépris de son client…

— Slimane, je ne vous ai pas laissé tomber… C'est idiot… Vous avez vu, je saignais… Enfin mon nez saignait… Mais vous ne pouvez pas dire que je vous ai laissé tomber…

— Tu mens !

— Vous devez relâcher les otages. C'est la première chose à faire pour ne pas aggraver votre cas… Vous êtes en train…

— De tous vous niquer !

— Qu'est-ce que vous voulez ?

— À manger et à boire…

— OK. Combien d'otages vous êtes prêt à laisser sortir ?

— Quatre, lance-t-il sans réfléchir…

— Avec deux de plus, je vous fais passer des anti-douleurs pour votre dos… Je sais que vous souffrez…

Après un bref silence, Slimane raccroche.

L'avocat interroge Will du regard…

— Vous avez bien fait, il va libérer les six, vous allez voir…

Derrière la porte, la colonne de Yann se tient prête à récupérer tout le monde. De longues minutes s'écoulent sans qu'elle s'entrouvre. Un appel d'air, puis deux, indiquent du mouvement à l'intérieur. Six personnes sortent. Certains pleurent, d'autres soupirent…

— Une fois la vérification de chaque identité effectuée, vous me les envoyez un par un. Ils ont sans doute beaucoup de choses à nous apprendre, se félicite Keller… Il en a fait sortir la moitié ! On le laisse mijoter une petite heure, histoire qu'il ne pense plus qu'à soulager sa douleur, et on revient à la charge…

Sur sa lancée, Slimane reprend sa logorrhée, comme s'il cherchait à renverser la vapeur :

— Vous allez m'écouter, vous les inquisiteurs ! Qui sont les bons ? Qui sont les mauvais ? Qui peut prétendre trier le bon grain de l'ivraie ? Vous blasphémez, vous me jugez, mesdames et messieurs les justiciers ! Qui peut me juger à part Lui, le Très Haut ! Je refuse votre justice ! Mais qui d'autre que moi vous fera payer ce péché d'orgueil !

La douleur commence à altérer son humeur mais aussi ses sens. Dans la pénombre, il voit bouger les otages, s'adresse à eux, menace de leur tirer dessus. Un des complices intervient :

— Calme-toi. Personne n'est en train de bouger… Complique pas l'affaire…

Slimane perd peu à peu son sang-froid, se reprend, puis replonge. Les repas tardent à arriver, les médicaments, aussi… Un homme se plaint d'avoir soif, son état nécessite une piqûre d'insuline…

— Qu'est-ce qui me dit qu'ils ne vont pas me mettre des somnifères à la place…

C'est décidé, il ne touchera à rien. Il regardera les autres reprendre des forces, pendant que les siennes l'abandonneront.

— Ça pèse un âne mort ce gun !

À bout de forces et découragé par le chemin qui lui reste à faire avant d'être libre…

Il a éteint les plafonniers. Une petite lampe, posée sur une table, éclaire faiblement la pièce. De temps en temps, un corps allongé à même le sol tente de se dégourdir les jambes.

— Tant qu'il en restera un, nous tenons notre monnaie d'échange…

Attachés dos à dos, le président et Julien profitent d'un instant de flottement pour échanger quelques mots.

— Si on le laisse faire, on va tous mourir, confie Julien au président. Ce salaud m'a pourri la vie pendant des années, je vais lui rendre la monnaie de sa pièce ! Ce soir ce sera lui ou moi.

Dans la voix de Julien, quelque chose a changé.

— On travaille à l'extérieur pour nous sortir de là, ça ne fait aucun doute, lui répond le président. Des hommes tout autour, croyez-moi, on ne les voit pas mais ils nous observent. Peut-être même qu'ils nous entendent… Il faut les laisser faire et ne pas s'en mêler. Ils ont les armes avec eux. Nous n'avons rien pour nous défendre, ils guettent le bon moment. Plus le temps passe, mieux c'est pour nous.

— On va encore lui laisser une chance de s'en sortir à ce salaud ! Il mérite de mourir. S'ils ne le tuent pas, je le ferai…

Slimane a remarqué le conciliabule. Depuis le début, l'ascendant du président Givier le perturbe : « Ils devraient tous me craindre ! » se dit-il. Dans un mouvement de colère, il détache à nouveau Givier pour montrer qu'il est le chef. Puis il l'empoigne et l'envoie valser dans les bancs du public. Julien se lève pour porter secours à son voisin. Slimane, à bloc, l'empoigne et lui pose le pistolet sur la mâchoire :

— Toi, cette fois-ci je te fume…

À genoux, le jeune homme, la rage dans le ventre, attend sa fin.

— Ça s'excite ! Ça s'excite ! indique Simon.

Will Arno tente un appel :

— Slimane, vous m'entendez ? Vous devez vous calmer…

— T'es qui ?

— Je suis un médiateur…

— Un flic tu veux dire ! J'attends l'équipe télé et l'hélico…

— Tu me tutoies ? OK, y a pas de problème…, temporise Will.

— Je veux une télé et un hélico, c'est tout.

— Je suis Will. Si tu le veux bien, on va parler de ce qui ne va pas, OK ? Chez les otages, il y a un homme qui souffre de diabète… Tu dois le laisser sortir.

— C'est moi qui te dis ce que je vais faire ! T'es sourd ?

— Je suis là pour ça, pour t'écouter, enchaîne Will.

— Je veux une équipe de journalistes et un direct à la télévision, France 2 ou TF1, je m'en fous… Ils doivent être en train de se bousculer au portillon ! Prenez-en un au hasard ! Je veux que tout le monde sache ce que j'ai à lui dire. Une fois qu'on se sera exprimé, je veux l'hélico en bas, sur le parking ! Avec le sac rempli de pognon ! J'ai déjà dit, en dollars !

— Tous les hélicos sont mobilisés pour le moment. Il y a deux gamins qui sont coincés dans la montagne. Ça va être compliqué de faire venir un engin jusqu'ici, mais je vais voir ce que je peux faire…

Slimane a raccroché…

Dans le PC, les officiels se sont mis à l'écart et discutent des revendications. Keller refuse catégoriquement l'idée de faire appel à une équipe de télévision dans l'enceinte du tribunal :

— Ça s'est vu dans le passé, ça nous a toujours posé des problèmes et ça n'a jamais rien résolu… ils sont suffisamment dans nos pattes pour qu'on ne les laisse pas entrer à un moment ou à un autre dans le dispositif, réagit-il vivement. La dernière fois qu'on a accepté, on s'est retrouvé à la une de tous les journaux…, visages non floutés… Du coup, pas mal de nos mecs ont été cramés. Hors de question qu'on recommence ! L'anonymat est notre assurance vie, prévient le capitaine. Si j'en chope un qui s'approche un peu trop… croyez-moi, je me charge de lui faire passer un mauvais quart d'heure !

Le préfet acquiesce et reprend le flambeau :

— Hors de question qu'une caméra entre dans cette salle ! C'est déjà assez dégradant pour la Justice de se retrouver dans ce genre de situation ! Alors pas une seule image ! Y en a déjà assez comme ça !

— On ne va pas alimenter le délire de ce fou mégalo ! ajoute Will Arno.

Will décide de reprendre la négociation sur un autre ton et de créer la confusion dans l'esprit de son interlocuteur :

— On veut la même chose, toi et moi, non ? Tu veux sortir d'ici et je veux que tu sortes aussi... On est d'accord ? Y a des exigences qu'il va falloir revoir à la baisse...

— Lesquelles ?

— Je vais être franc avec toi. Nous avons bouclé le périmètre autour du palais, aucun journaliste n'a été autorisé à rester... Trop d'hommes armés cernent le bâtiment. Les faire revenir, ça repousse d'autant ton départ... Et tu as mal. L'hélico ? Pareil, c'est compliqué. Qu'est-ce qui compte le plus pour toi ? Sortir vivant ou faire passer un message ? Demande à tes amis ce qu'ils en pensent.

Slimane raccroche. Il n'avait pas prévu ce cas de figure. De manière habile, Will l'emmène sur une autre négociation et sème le trouble au sein du commando. Il est 3 h 30 du matin. S'il marchande, il perd. Évidemment, il ne veut pas alerter ses camarades...

Will ne lui laisse pas le temps de réfléchir, il rappelle quelques instants après...

— Pour la voiture, ça peut se faire assez vite, mais pour ça, il faut que tu libères trois otages. C'est donnant-donnant. C'est comme ça qu'on va s'entendre toi et moi.

Slimane ne répond pas. Will sent une brèche s'ouvrir...

— Laissez-moi en discuter avec mes amis.

Le capitaine esquisse un sourire. Ils viennent de remporter une manche décisive. Il a cédé. Ce qui devait être une évasion « propre » se transforme en fiasco. Il va falloir qu'il annonce le changement de programme à ses complices. À sa mine, ils se sont rendu compte que la partie était mal engagée. La tension monte d'un cran, lorsque l'homme qui se disait diabétique est pris de nausées. Il tente de se lever et gesticule dans tous les sens :

— J'ai soif ! Je vais mourir ! J'ai besoin d'être soigné, laissez-moi sortir !

Slimane le menace de son arme :

— Bouge pas ! Je te tue si tu bouges…

Profitant de la confusion, Yann et Abel se glissent sous les bancs réservés au public.

Le président cherche à calmer le malade, lui tient la main et le rassure…

— Il a besoin de sucre, de quelque chose à manger ! réitère Givier.

Simon alerte les équipes prêtes à intervenir à tout moment :

— À tous, otage malade, panique dans la salle !

Will tente un appel. Celui-ci hésite à répondre. Ne décroche pas. Armés et délestés d'une bonne partie du matériel, les deux gendarmes rampent en silence sous les sièges.

L'homme tourne en rond, fait les cent pas. L'étau se resserre; il le sent.

— Toi ! Rapproche-toi de la sortie… On va pas pourrir ici… Ils nous baladent, ils n'ont pas l'intention de céder sur quoi que ce soit… Alors nous non plus, on va pas leur faire de cadeau !

Le chef pointe Julien du doigt :

— Toi ! Tu nous suis !

Julien ne bouge pas.

Keller récapitule le dispositif dans l'oreillette de chacun.

— Équipe A, prête,

— Équipe B, prête. On coupe le jus.

Le palais de justice se retrouve plongé dans le noir…

Slimane s'avance pour saisir le bras du jeune homme et l'obliger à avancer.

— On se met tous derrière lui.

Yann et Abel en profitent pour se rapprocher le plus possible, une colonne est dans le vestibule, prête à faire irruption. Tout le monde s'interroge sur la panne. Slimane se faufile entre les bancs avec son otage.

Des pales claquent au-dessus du palais de justice, moteur et hélice semblent sur le point de rentrer dans la salle d'audience…

Pas de voiture ? Un hélico ?

— Qu'est-ce qui se passe? crie Slimane à son coéquipier.

Près de la fenêtre, l'homme soulève un coin du drap…

Boris et son binôme temporisent le temps de s'assurer qu'il s'agit bien d'un assaillant… La lunette à visée nocturne dévoile le visage caché à moitié dans l'ombre.

— Tireur n° 1, prêt.

— Tireur n° 2, prêt.

L'autre coin se soulève !

Deux balles, une détonation. Les snipers tirent simultanément. Les deux hommes armés tombent à la renverse en se tenant l'épaule pour l'un et la main pour l'autre…

— Bon doublé ! indique Boris à son voisin.

La diversion a parfaitement marché. Les Accuracy 308 fouillent le fond de la salle à la recherche du troisième homme.

Dès les premiers impacts, Slimane s'est plaqué au sol, laissant Julien rejoindre les autres otages au fond de la salle. Abel n'a pas perdu sa target de vue. Seul moyen de réduire les risques et de ne blesser personne : l'attirer sur l'angle opposé.

— Équipe B. Évacuation des otages en cours. Équipe A. Ne rentrez pas tout de suite, laissez venir la target ! Elle avance ! Tout doucement...

Les derniers rayons de lune peinent à se refléter dans le premier tiers de la salle. Les derniers otages sont sortis tandis qu'une odeur de gaz lacrymogène se répand en quelques secondes. Yann et Abel communiquent discrètement...

— Tu l'as dans ton viseur ?

— Non, il doit être au sol.

Au même moment, un coup part et frôle la chaussure de Mako.

— L'enfoiré ! Il tape dans les jambes ! Il s'est planqué sous le banc. Mate à deux heures.

Soudain une masse sombre passe tout près d'Abel. Celui-ci repère le malfrat, l'arme pointée sur la sortie. Abel se jette sur lui et le plaque comme un troisième ligne de rugby. Yann vient lui prêter main-forte, Slimane ne résiste pas à la horde qui s'abat de tous les côtés. Ses nerfs lâchent, son dos ne lui a jamais fait aussi mal. Il se rend, presque soulagé d'être encore en vie.

À l'arrière, dans les bureaux, les otages retrouvent leurs esprits et regardent médusés les dizaines de silhouettes encore cagoulées qui se penchent sur eux pour leur dire quelques mots.

— Tout est fini. Les trois hommes ont été arrêtés..., annonce la Tronche au président et à Julien. Grâce à votre sang-froid, de nombreuses vies ont été épargnées, les gars. Croyez-moi, cette intervention nécessitait qu'on forme une belle équipe !

Dans le chaudron caucasien

— On s'arrache, maintenant ! ordonne Christophe Keller en sortant des locaux de l'OSCE[1].

Le capitaine n'aime pas cette journée, la réunion a traîné en longueur. Le scénario convenu avec les policiers est réglé au cordeau et ne tolère pas la moindre anicroche. Keller, tatillon, prévient l'ambassadeur :

— Plus on tarde, plus on risque de se retrouver dans des embouteillages monstres, on n'a plus une minute à perdre dans ce bordel !

Depuis trois semaines maintenant, une dizaine d'hommes du GIGN[2] ont été dépêchés sur place pour compléter le service de sécurité de cette ambassade française placée aux carrefours d'intérêts ethniques, politiques et économiques contradictoires. L'émiettement identitaire gagne du terrain sur une zone qui s'étend du Kosovo à la mer Caspienne, en passant par la Transnistrie. Le Quai d'Orsay a misé sur Geoffroy de

1. OSCE : Organisation pour la sécurité et la coopération en Europe.

2. Les FSP, Forces de sécurité et de protection, sont en lieu et place de l'EPIGN. Elles sont envoyées en opération extérieure sur ordre du ministère des Affaires étrangères. Depuis la restructuration du GIGN, elles sont devenues la composante « Sécurité-Protection » du Groupe.

Villemont, diplomate rompu aux techniques de négociation et surtout très apprécié de tous. Il a tenté de relancer un partenariat stratégique entre la Russie et l'Europe, dont la France assure la présidence pendant six mois. Les vingt-six comptent se placer sur la route du gaz et damer le pion au géant américain. D'abord situé sur les régions indépendantes, le conflit s'est déplacé dans la capitale de ce petit pays récemment affranchi de son voisin russe. En envoyant des soldats russes comme Forces collectives du maintien de la paix dans les régions autoproclamées, la Communauté des États indépendants[1], donc la Russie, vient clairement de s'octroyer un droit d'ingérence chez son voisin. Souverainistes et séparatistes se déchirent. La sécurité des Occidentaux n'est plus assurée, ni par la police, ni par l'armée locale. Ne faisant pas exception à la règle, la villa Lordkipanidze, située au cœur de la « Zone rouge », vit ses ernières heures de quiétude. Keller veut évacuer le diplomate au plus vite.

— Rester dans cette poudrière est une pure folie. Dans quarante-huit heures, il sera peut-être trop tard…

La veille, lors d'un dîner en tête à tête avec l'ambassadeur, le capitaine a bataillé dur pour que le diplomate renonce à un dernier déplacement avant l'évacuation.

— Il y a plus de quinze ans que je me donne corps et âme pour ce pays, je veux le quitter dans de bonnes conditions, mon capitaine, a prétexté le maître des lieux en regardant son protecteur droit dans les yeux. Je ne suis pas du genre à me coucher sans rien dire. Je sais que je dois partir, qu'il n'y a plus rien à faire, mais vous savez comme moi, capitaine…, ce n'est pas parce qu'on a perdu une bataille…

1. CEI.

— Qu'on a perdu la guerre..., lui concède Keller.

— J'ai l'aval du ministre, juste pour demain..., précise-t-il comme un enfant qui a la permission de minuit.

Des impacts de mitraillettes résonnent dans la nuit. Villemont, pâle, baisse les yeux et demeure silencieux. De sa main droite, il attrape une carafe en cristal remplie d'un vin chambré et en sert un verre à son invité. Keller observe ses gestes lents et sa mine des mauvais jours. L'homme, d'une taille moyenne, ne semble plus aussi vif que par le passé. Un menton volontaire et des pommettes anguleuses lui confèrent un air de vieux renard usé.

— Ma femme avait laissé ces verres... au cas où j'aurais quelque chose à fêter... Elle a toujours pensé que j'étais le seul à pouvoir accomplir des miracles dans cette poudrière. Elle disait que j'allais trouver un moyen d'éteindre à nouveau l'incendie... Je l'ai fait dans le passé, au temps de la guerre froide. Aujourd'hui la steppe brûle de toute part ! Personne ne veut la paix... Alors, buvons à notre amitié ! lance-t-il avec panache.

— Du vin de France !

— Oui ! D'une certaine manière..., s'amuse Villemont, mais vous ne devinerez jamais de quelle région !

Keller fait mine de chercher, l'autre se lève et désigne le fond du jardin.

— Ici, nous sommes en France, non ? Roman est un vigneron hors pair, le saviez-vous ?

Une ombre passe sur son front creusé de rides profondes et ondulées, comme l'écume des vagues :

— Depuis votre arrivée, vous l'avez sûrement aperçu en train de tailler ses vignes et de ranger ses jarres dans la cave. Sa production est très appréciée dans le petit cercle des expatriés, vous savez ? Il est l'âme de cette résidence… plus que le gardien, c'est le magicien des lieux… Roman est comme un frère… Il est l'aîné dont j'ai toujours rêvé. Vous comprenez ?

— Je sais, ça doit être dur de se résoudre à changer de vie. Mais dites-vous qu'une part de vous ne quittera jamais cette villa. Maintenant, je dois vous laisser, j'ai mille choses à régler avec mes hommes. Nous sommes là pour vous aider.

Dès son arrivée en 1990, Geoffroy de Villemont avait insisté pour que cet ancien hôtel particulier conserve un mélange d'orthodoxie et d'orientalisme qui en faisait l'une des destinations les plus prisées des attachés culturels, des vagabonds et des hommes d'affaires. L'homme assure la permanence diplomatique, son adjoint n'ayant pas été remplacé depuis l'an passé. Un rempart de trois mètres quatre-vingts de haut, anti-explosif et circulaire l'isole de l'extérieur et lui donne le sentiment de vivre en totale autarcie. Il ne compte que sur un employé, Roman, pour faire fonctionner l'ambassade. Mais depuis deux semaines, l'équipe de Keller partage son quotidien. Tous ses déplacements sont précédés d'une sortie de Yann et Boris, qui s'en vont prendre le pouls hors les murs. Le diplomate s'est résolu sans joie à enfiler tous les matins le gilet pare-balles qu'il ne doit quitter que le soir.

— Je ne prendrai pas le risque de vous rapatrier entre quatre planches, lui répète à loisir Keller.

Au fond du jardin, Roman taille une dernière fois les vignes qui font la réputation du domaine. Villemont est venu le rejoindre et goûter la fraîcheur du soir. La journée a été chaude, presque tropicale.

— Un miracle que votre raisin pousse ici ! confie-t-il à son vieil ami.

— Vous êtes bien optimiste… Cette année, la magie n'opérera pas…, lui répond Roman en désignant les gros parpaings rajoutés autour de l'enceinte. Hier encore, je pouvais tailler les haies et récupérer un peu de lumière… La belle tradition vit ses dernières heures. Un autre sang, le vrai, va couler dans ces travées… Vous pouvez en être certain.

À soixante-dix ans, Roman sent qu'il vit ses dernières heures de liberté :

— Qui viendra cueillir ces belles grappes arrivées à maturité ? Ce jardin mourra avec moi. Vous viendrez, mon ami, promettez-moi que vous viendrez un jour vous recueillir sur ma tombe, lui demande le vieil homme.

La nuit s'annonce courte pour le groupe. Yann et Boris partent en reconnaissance en vue de l'évacuation du lendemain soir et le capitaine Keller doit rencontrer pour son dernier brief le chef de la police locale. La dernière sortie de l'ambassadeur avant son départ pour la France se situe dans une zone très tendue, à quelques dizaines de kilomètres d'un front séparatiste dur, un accord a été trouvé entre les gendarmes français et les policiers locaux, pour assurer la sécurité du convoi.

Keller contemple cet écrin de verdure et se demande combien de temps il sera épargné… Puis, par une petite porte dissimulée dans la glycine, il quitte l'ambassade : direction le centre-ville.

Pas un gamin, pas un vieillard assis sur le pas de sa porte, malgré la tiédeur du soir… en débouchant sur une ruelle totalement déserte, il ressent la désagréable sensation d'être suivi.

— Mauvais signe !

Aucun volet ne bouge. Radios et télévisions délivrent des infos en boucle. Minute par minute, les habitants sont renseignés sur l'escalade d'avertissements que se lancent séparatistes et souverainistes dans le nord du pays. Le capitaine presse le pas, il n'est pas en avance. Sur sa gauche s'amorce le petit chemin sinueux qu'ils emprunteront demain si la situation venait à se dégrader.

En poussant la porte du commissariat central, Keller, saisi par une odeur de piments et d'oignon, ne peut réprimer une petite moue de dégoût. Le commissaire Nazdar l'attend sur le pas de la porte, un bol de soupe de lentilles à la main :

— Je me suis laissé dire qu'en France vous mettiez des grosses saucisses dans vos lentilles ? lui lance-t-il goguenard, dans un français parfait.

— Oui, c'est possible… mais je ne suis pas plus saucisse lentilles que bœuf carottes ou poulet aux olives…

L'échange culinaire tourne court. Nazdar ferme son bureau derrière lui et invite Keller à s'asseoir pour régler les derniers détails du déplacement prévu le lendemain. Les deux hommes se jaugent.

Le Français rompt le silence le premier :

— Vous connaissez mieux la route. Mais vous ignorez tout des habitudes du Groupe, amorce Keller sans laisser de place à la négociation. Je vous propose de mettre vos hommes dans la voiture de tête. Je m'occupe de l'ambassadeur et on met un gars à vous dans la suiveuse avec deux autres de mes hommes. La capitale séparatiste n'est qu'à une vingtaine de kilomètres de l'endroit où Villemont veut se rendre…

— Je vous arrête tout de suite, mon capitaine ! Nous ne donnons aucune légitimité à cette autoproclamation d'indépendance… Pour nous, il s'agit bien d'une région faisant toujours partie intégrante du pays…

— Je ne suis pas là pour faire de la politique, mais pour protéger un ressortissant qui quitte le territoire français dès lors qu'il quitte les murs de l'ambassade… Notre collaboration doit lui garantir un maximum de sécurité, en zone verte comme en zone rouge, on est bien d'accord ?

Nazdar acquiesce. De jour en jour, la situation se dégrade dans le pays, des tensions éclatent également au sein de la police. Faute d'être rassurant, Keller peut compter sur sa loyauté. Rien n'a filtré sur les deux policiers suspendus la veille… Les milieux insurrectionnels du quartier sud sont surveillés vingt-quatre heures sur vingt-quatre… Pour l'heure, les hommes chargés de la sécurité de l'ambassadeur sont triés sur le volet, dévoués et exempts de tout soupçon.

Keller croise le regard gêné du commissaire…

— Vous avez chaud, commissaire ? Trop d'épices ?

— Oui, ça doit être ça…, le cuisinier a mis la dose…

Sur la grand-rue qui borde la Koura, Keller s'approche de la rive. Un banc d'esturgeons morts flotte à la surface… Il se ravise et tourne les talons en direction de l'ambassade :

— Je ne sais pas ce qui me donne le plus envie de fuir ce pays : l'odeur du soufre qu'il dégage ou la mine patibulaire de ses flics mal rasés …

Le matin se lève sur tout le pays. Villemont n'a pas fermé l'œil. Hier frères, aujourd'hui ennemis, des hommes se déchirent pour un lopin de terre à quelques kilomètres. Épris de liberté, certains voudraient l'indépendance, pendant que d'autres s'opposent aux séparatistes qu'ils qualifient de « terroristes et d'ennemis du progrès ».

À quelques kilomètres de là, des combats ont éclaté pendant la nuit. Les snipers maintiennent la pression sur une population choquée. Des affrontements de rue, à mains nues, opposent des voisins de toujours. Comme un château de cartes, tout l'édifice du pays est en train de s'écrouler. La paix ne tient plus qu'à un fil. Réguliers et irréguliers se font face et anéantissent tout espoir de réconciliation nationale avant longtemps. D'abord politique, la guerre a pris un tour communautaire. La désolation se lit sur les visages des anciens et les mères de famille qui cherchent à se constituer quelques réserves et craignent le pire.

Promesse tenue, Villemont, entouré de ses hommes, a pu se rendre à cette ultime réunion entre responsables locaux et observateurs européens. Assis autour d'une table, tout le monde commente l'escalade des derniers jours. Tous attendent l'expertise de Villemont.

— Mes amis, inutile d'y aller par quatre chemins… Notre présence est loin de rallier tous les suffrages. Elle devient même problématique et source de tensions supplémentaires. Il est de notre responsabilité de ne jouer ni le jeu des uns, ni celui des autres… Inutile de s'éterniser dans cette poudrière. Espérons que l'Europe retrouve à nouveau toute sa place dans la région. En tout état de cause, notre président le souhaite, conclut-il, la voix cassée par l'émotion.

Keller s'était fixé une heure dans son programme, il regarde sa montre. Pas une minute de plus. Tant que son

« VIP » ne sera pas installé dans le Transall qui doit le ramener à Villacoublay, il ne sera pas tranquille. Quelques représentants étrangers s'attardent autour d'une thermos de café pour prolonger la discussion. Le capitaine passe la tête et agrippe le regard fuyant de Villemont. Inflexible, il lui désigne la porte de sortie d'un signe discret.

— Normal ! maugrée l'ambassadeur, je ne vais pas lui reprocher de faire son job…

Encadré dès sa sortie par deux hommes du GIGN, il remet sans joie son imposant gilet qu'il a tenu à enlever le temps de la réunion.

— Encore renforcé, non ? demande-t-il à Boris.

— Affirmatif. On est passé à la catégorie deux, sur ordre du capitaine. La situation se dégrade d'heure en heure… Croyez-nous, si on pouvait, on éviterait de vous ennuyer…

— On doit vous ramener en un seul morceau et on va avoir besoin de votre collaboration, ajoute Keller, reprenant son éternel refrain.

Enfoncé dans la banquette arrière de sa berline, Geoffroy de Villemont repense à toutes ces années d'efforts diplomatiques réduits à néant en quelques heures :

— Tu plies bagage, mon vieux, c'est ça ton job…

Un flot ininterrompu de deux roues remonte l'avenue principale dans l'anarchie totale. À chaque croisement, un accident est évité de peu…

Keller sent que l'ambassadeur vacille. Un signe d'inquiétude qu'il n'avait encore jamais lu sur son visage… Et si tout le pays s'enflammait en quelques heures ?

Le capitaine tente de le rassurer :

— On va vous sortir d'ici ! Vous avez bien fait de tenir vos engagements jusqu'au bout... Comme vous, nous tiendrons les nôtres !

Vendredi, jour de marché. Une foule compacte se presse dans le marché du vendredi. Des petits kiosques de fortune longent les ruelles et bravent le couvre-feu. Les babouchka sont venues vendre leur maigre production de pommes et de mandarines qui, sinon, pourriront dans les greniers. Elles sont debout depuis tôt, profitant des premières lueurs du matin pour se rendre de l'autre côté de la ville, dans les marchés fréquentés par les plus riches. Dans leurs paniers à moitié vides, elles offrent aux enfants de la pâte de coing et quelques kakis mûrs, soigneusement enveloppés dans des feuilles de journaux. Les hommes commentant les derniers événements de la nuit tirent sur leurs mégots de cigarette. Les combats se rapprochent, ils sont de l'autre côté de la colline qui surplombe la ville. On ne les voit pas, mais on les entend.

Les rues étroites brassent un air poussiéreux qui donne aux enfants des quintes de toux et recouvre d'une fine pellicule jaunâtre les voitures garées le long des trottoirs défoncés. Sur le bord de la route, des groupes de jeunes lancent des cailloux sur des meutes de chiens. Un flux ininterrompu de camions, de voitures et de piétons slalo-ment sur l'axe principal qui traverse la ville... Frôlant à tout moment l'accident.

— On n'est pas loin de la saturation ! renseigne la voiture de tête.

La veille, Keller avait évoqué un déplacement en hélicoptère : le commissaire Nazdar n'avait pas voulu en entendre parler. Sans doute avait-il à cœur de montrer la force de protection de sa propre police… Keller commence à regretter de ne pas l'avoir imposé.

— Mako ! On maintient l'itinéraire A jusqu'à nouvel ordre, indique le capitaine dans son talkie. C'était ça ou le tunnel coupe-gorge…, on n'est pas vraiment en zone amie par ici, même les flics de la capitale sont loin d'être les bienvenus… Ils serrent les fesses et n'arrêtent pas de se retourner… C'est pas bon signe.

Un utilitaire banalisé précède la berline de trois cents mètres. À son bord, quatre policiers locaux les renseignent sur ce qui les attend en amont. Dans son rétroviseur, une autre voiture conduite par un chauffeur et sécurisée par Yann ferme le convoi à deux cents mètres à peine.

— Trop de peuple !

Le capitaine regrette l'itinéraire choisi la veille au soir.

— Il ne faut pas avoir inventé l'eau chaude pour prévoir un tel bordel sur cet axe ! On dirait qu'ils ont fait exprès de nous foutre dedans…

Un trente-huit tonnes stoppe net, faisant piler les voitures de derrière. Keller hésite un instant, puis donne l'ordre à Boris de déboîter et de foncer jusqu'au carrefour suivant.

— Attention, les gars ! Faudrait pas qu'on saute sur un EEI[1], même si on n'est pas en Irak ! On ne tente pas le diable, on passe en force !

1. EEI : Engins explosifs improvisés, des mines artisanales souvent placées sur les routes et quasi indétectables. Elles frappent de plus en plus en Irak et sont responsables de près de 30 % des morts dans ce conflit.

Yann comprend à son tour que la situation se tend : « Go ! Go ! Go ! »

Un concert de klaxons accompagne l'embardée musclée du convoi diplomatique. Cent mètres plus loin, la voiture de tête a disparu dans la foule. Silence radio. Merde ! Ils sont passés où ?

— On fait comment maintenant ? s'exclame Keller.

— Mako de Keller : on a perdu ceux de devant. Ou bien ils ont flairé un truc… ou bien ils nous ont mis dedans. On ne change rien, on reste sur le plan A. On tient bon, on réduit l'espace…

— OK, toujours personne au cul…

La circulation retrouve un semblant de fluidité. Un immense chantier marque la zone tampon entre les faubourgs et l'entrée de la ville.

— Moins de peuple dans ces coins-là… Évidemment ça n'est pas encore habité…

Au loin, le capitaine aperçoit le pont qui délimite les deux zones…

— On n'est plus très loin…, le dernier barrage ne devrait pas poser de problème… Ensuite, retour au bercail et on s'arrache illico !

Boris braque violemment sur sa droite pour éviter un véhicule qui arrive en sens inverse créant un carambolage monstre. Un homme sort, le visage ensanglanté. Il vacille, s'écarte. Le feu prend. Sous le pont, dans un nuage de fumée, Keller distingue l'équipe de tête placée en travers de la route et encastrée dans une camionnette. Une pluie de balles ricoche sur la voiture blindée du diplomate, déformant le capot arrière. Keller baisse la tête de Villemont sur ses genoux et lui ordonne de ne pas bouger.

— D'où ça vient l'attaque ?

Keller cherche derrière lui.

— Sur la droite à cent cinquante mètres ! Un lance-roquettes dans l'angle !

Pas le temps de désaxer la voiture…

— Baissez-vous ! hurle Keller.

Trop haut. Une roquette se loge dans le pont. La rambarde s'écroule en un seul bloc, à quelques mètres à peine de la grosse Mercedes.

— La target est à cinq heures ! Le pont est parti en fumée ! La prochaine, elle est pour nous ! Magne-toi ! Fonce dans le tas ! On décroche ! renseigne le capitaine au conducteur.

Un épais nuage de fumée empêche toute visibilité.

Le sniper, mobile, rejoint les assaillants cachés de l'autre côté de la colline, une RPG7[1] calée sur son épaule. Les miliciens observent le convoi de l'ambassadeur s'éloigner. La chasse aux opposants est loin d'être finie…

— Mako de Keller, le passager avant ne bouge plus. Le pilote est en mauvaise posture. Tu fais au mieux, tu récupères les mecs. On fonce mettre le VIP à l'abri…

Depuis la colline, de nouveaux tirs visent la voiture diplomatique qui est maintenant hors de portée. Les mitraillettes fonctionnent sans relâche et les grenades éventrent la route. Sous de nouvelles rafales, Yann ouvre la portière arrière et fait rentrer deux policiers, sains et saufs.

— On nous a balancés, explique le pilote.

En effet, il a vu un de leurs collègues s'échapper de la voiture à la première explosion. Pour lui, c'est évident,

1. Lance-roquettes d'origine russe.

le groupe armé a bénéficié d'une complicité. Inquiet de voir les Français douter de sa bonne foi eux aussi, il se retourne, vengeur :

— Traître ! N'oublie pas que tu as tué mon ami…, lance-t-il en pointant son doigt en direction de la colline.

En quelques minutes, Yann et Boris comblent le retard sur la voiture de l'ambassadeur.

— OK Mako, on t'a en visuel, précise Keller à son ami. Raccroche !

À toute allure, le convoi disparaît derrière le portail sécurisé de la villa Lordkipanidze. Keller ne cache pas son soulagement.

— À Bagdad ou à Kaboul, les choses auraient pris un tout autre tour…

Geoffroy de Villemont ne regrette plus son gilet pare-balles… Boris l'invite à monter boucler son sac. Keller s'enferme dans le poste de sécurité. Il doit rendre son rapport au colonel Giraud, qui se tient au courant des dernières évolutions :

— On vient d'éviter le pire, mon colonel. Ils ont manqué le VIP de peu. Ici, la police est désormais noyautée par une partie des séparatistes. On ne peut plus compter sur elle. On est loin du conflit gelé qui a germé il y a quelques mois… On est dans une situation pré-insurrectionnelle très tendue. Le gouvernement ne peut plus compter sur sa police. Seuls les kakis sont sûrs. Est-ce que le Président va réussir à contenir sa population ? À force de se servir des uns pour marchander avec les autres… Mais la politique n'est pas mon rayon, mon colonel ! Potentiellement, c'est deux mille hommes armés qui peuvent être dans la ville en quelques heures. On évacue au plus vite. Des groupes armés ont franchi les barrages et ça se rapproche dangereusement de nous. L'exfiltration est prévue pour cette nuit. Ça tombe très bien ! Je donnerai les coordonnées de la Drop Zone dès que le Puma rentrera en contact. J'attends de vos nouvelles. Terminé. »

Il est 15 h 30. Le vent charrie de fines particules qui s'échappent des usines de traitement de déchets. Yann est monté sur le toit de la villa. Au loin, il constate l'avancée des miliciens qui commencent à mettre en place des palissades tous les cinq cents mètres. Dans une petite cour dégagée, des pneus s'entassent et forment un muret de protection. Posté devant l'entrée d'un garage, un talkie collé à l'oreille, un homme effectue des allées et venues douteuses. Un autre monte la garde devant une porte, jette un œil dans les rues adjacentes et discute en faisant des petits signes de tête en direction de l'ambassade. L'ancienne épicerie Digor prend peu à peu des allures de quartier général gagné à la cause des séparatistes.

« Toi, mon gars, tu vas sentir tes oreilles siffler ! » se dit Yann, l'observant dans son viseur.

Keller le rejoint sur le toit, les bras chargés de sandwichs de viande fumée et de bières fraîches.

— J'ai dit à l'ambassadeur d'aller se reposer et d'emporter le strict minimum avec lui. On dispose d'un escadron, pas plus. J'ai eu Satory, le 1er RPIMA [1] est sur zone dans une heure maxi. Le commandant Jalbert nous envoie un groupe en renfort.

1. 1er Régiment de parachutistes d'infanterie de marine basé à Bayonne, au Pays basque. Ce régiment fait partie à part entière du COS (Commandement des opérations spéciales). Ses hommes sont spécialisés dans les assauts, libérations d'otages, infiltrations et exfiltrations, ainsi que dans l'assistance militaire aux pays liés à la France.

— Ça tient du miracle ! C'est pas tous les jours que dans notre armée, on décroche aussi vite un Super Puma sur un caillou comme le Caucase ! On se croirait à Djibout'[1]. Au large de la Somalie, on n'aurait pas disposé de beaucoup mieux…

— Tu vois les gars qui rentrent et qui sortent de chez Digor… Ils ont tous des Scorpio et des AK47, ça sent l'armée rouge au temps de la guerre froide à plein nez…

Le capitaine redoute moins l'opération que le moment où Geoffroy de Villemont va quitter la résidence et dire adieu à son compagnon de quinze ans.

— Nous sommes de la même race avec Roman, lui a dit l'ambassadeur. Les nomades dans l'âme se reconnaissent entre eux. Je suis sûr que vous comprenez ce que je veux dire. N'est-ce pas, mon capitaine ?

Keller pense à Murder Rose et à ses enfants. Depuis trois ans, ils ont déserté la maison familiale… Que font-ils ? À qui accordent-ils leur amour ? À leur mère ? C'est logique… Mais aussi à l' « Autre » qui a su leur donner du temps, celui qui lui a manqué lorsqu'ils étaient petits. Dès les tests de sélection, Keller a su que sa femme ne tiendrait pas le rythme et qu'un autre prendrait sa place un jour. Il a poursuivi malgré cela, persuadé que son destin était lié à cette vie dans l'urgence.

Entre les interstices, Boris observe quelques groupes mobiles qui se déplacent autour des issues et cherchent à repérer une faille dans le bâtiment. « S'ils nous cherchent, ils vont nous trouver… La villa n'est peut-être pas faite pour abriter une ambassade… mais on va faire

1. Djibouti accueille un détachement prépositionné, constitué de la Légion étrangère, du 13e TPLE, d'une escouade de commandos de marine et d'un bâtiment de la marine nationale.

en sorte qu'aucune âme ne puisse y rentrer sans y être autorisée... », se dit-il en contrôlant toutes les issues.

Le soleil entame son déclin. Une lumière bleutée envahit la place les soirs d'orage. Un gros nuage de chaleur s'accroche à la ville, déversant çà et là quelques gouttes de pluie.

Au loin, les premières lacrymogènes éclatent et un léger picotement les atteint. Geoffroy de Villemont apparaît, toussant et se frottant les yeux comme un enfant.

— Vous ne devriez pas être là, le sermonne Keller.

— Je vais redescendre tout de suite... J'ai besoin de savoir dans combien de temps... on part.

— On attend que la nuit tombe et on plie bagage...

— Comment ?

— Ça, c'est notre affaire, ne vous tracassez pas. Faites-nous confiance.

Villemont tourne les talons sans discuter. Il n'a qu'une hâte maintenant, celle de rentrer chez lui.

— Moins il en sait, mieux c'est..., prévient Keller. Je compte sur vous pour lui créer la meilleure bulle de protection.

Au pied de l'escalier, Roman attend son ami, quelques bouteilles à la main, et fouille dans ses souvenirs :

— 1993. L'année de votre arrivée. C'est un bon millésime. 1998. C'était presque hier... La naissance de votre petit Louis. Il me manquera. J'espère qu'il tiendra ses promesses... Vigneron, c'est un beau métier ! J'aurais aimé faire la route des vins avec lui. Il en était question, non ? Comme le temps a passé ! Cette année, petit Louis aurait eu le droit de tremper ses lèvres dans mon vin ! Vous lui permettrez de le faire avec ce millésime ?

L'ambassadeur se contente d'une boutade :

— Je vais troquer cette vie trépidante contre une diplomatie de salon !

— Venise ou Bogotá..., qu'importe, mon ami ! Les grands conquérants repoussent les frontières de la découverte. Partout où vous semez ce qu'il y a de bon et que vous apportez du réconfort et de l'amitié entre les hommes, vous faites votre métier.

— Est-ce à dire que j'ai échoué ?

— Vous êtes un homme de bonne volonté, C'est cela qui compte ! Pour le reste, vous ne pouvez pas non plus accomplir des miracles...

Puis, cherchant à dédramatiser l'instant...

— Je ne vous fausse pas compagnie, mais vous savez qu'à cette heure-ci, je me consacre à mes vignes : c'est immuable. Je suis au fond du jardin, mon ami, venez me voir au moment du départ, j'aurai quelque chose à vous remettre...

Sa frêle silhouette s'éloigne et disparaît peu à peu, noyée dans une verdure crépusculaire. Villemont le suit du regard, puis scrute le ciel orageux.

— Ma vie ne sera plus jamais la même...

De l'autre côté du mur, une centaine de manifestants s'est massée sur la place. Un énorme brasier se consume et forme un gros nuage de fumée. Une odeur âcre s'en dégage et empeste dans tout le jardin, la police présente ne bouge pas.

— Le soleil est en train de disparaître derrière la colline... il faut vous tenir prêt, on amorce le départ..., lui indique Boris, revenu de sa dernière ronde.

Sur le toit, Yann et Christophe Keller notent les allées et venues et repèrent les meneurs. Chez Digor, devenu le centre névralgique de la contestation, de nouvelles têtes se pressent, des bouteilles d'inflammable et des chiffons à la main, prêts à l'emploi… La boutique ne désemplit pas, un drap est venu recouvrir la devanture pour empêcher sa surveillance.

— On parie qu'ils nous envoient un camion dans le portail ? observe Yann dans sa lunette. Tu vois le petit gros sur le côté ? Il cherche un moyen de contourner la place. Il note tous les mouvements et compte ses effectifs au fur et à mesure qu'ils rentrent et sortent de la boutique. L'attaque du convoi a échauffé les esprits et le ralliement d'une partie de la police a semé la confusion. Armée contre police, ça a de quoi réveiller les vieux démons d'une insurrection…

— J'ai demandé aux autorités de contenir les mecs sur l'avant et de ne pas se laisser déborder sur les côtés. On va éviter l'affrontement, on est là pour de la protection et de l'évacuation, ne l'oublions pas. Dès qu'on a le renfort nécessaire, on balance un maximum de ce côté-ci. Pas de vague, pas d'ingérence. Ni le 1er, ni le Groupe n'apparaît dans cette affaire… Officiellement, ce sont les forces gouvernementales qui assurent la sécurisation de la diplomatie française. On peut compter sur deux escadrons locaux pour renforcer le dispositif. Sur les toits et jusqu'à notre départ on dispose de quatre paras en couverture qui s'arracheront quelques minutes après nous. Une fois dans la rue, on progresse avec nos propres moyens et on récupère les « G-3[1] » dans l'hélico. Ils assurent l'appui dans la dernière phase de l'évacua-

1. On désigne ainsi des équipes de tireurs formés au tir depuis des hélicoptères. Les G-3 sont dotés de munitions 7,62 mm, d'une redoutable précision et d'un puissant calibre. Le GIGN ne les utilise pas en

tion…, précise une fois encore Keller à l'aide d'une carte qu'il replie dans son blouson.

— Et Roman ? demande Yann.

— Il reste sur place, c'est son choix. Il est un trait d'union. Le Quai d'Orsay espère lui redonner un rôle dans l'après-crise.

Keller est interrompu dans sa conversation. L'équipe Puma attend des précisions sur son point d'atterrissage.

— De OGRE à MARS : content de vous entendre… H-40 minutes de la DZ, une équipe est déjà en sécurisation. Le château est clair. Quatre éléments à droper. On vous attend sur le flanc nord. Terminé.

Keller sonne enfin l'heure du départ…

— À partir de maintenant, on ne lâche plus Villemont. On récupère MARS dans la citadelle. D'ici là, on ne compte que sur nous. Boris, tu restes en appui dynamique. Mako et moi, on colle au VIP. LUTÈCE, constitué des nôtres et du 1er RPIMA, se débrouille pour rejoindre l'aéroport militaire. On n'a pas d'autres choix que de scinder le groupe en deux… On quitte le navire, mais on n'abandonne pas l'équipage pour autant ! Ils ont la consigne de déserter les lieux au plus vite après notre départ.

Roman n'a pas attendu qu'on vienne le chercher. Sans un mot, il remet à son ami le sceau de son pays frappé de la devise : « Sagesse, Justice et Modération » et, pour la première fois, lui saisit les deux mains en signe d'adieu. Des larmes roulent sur ses rides fines et profondes.

---

milieu urbain. L'arme est dotée d'un récupérateur de douilles pour éviter d'endommager l'appareil ou de gêner l'équipage embarqué dans la machine.

— Qu'importe ce qu'il m'arrivera à présent..., je vous ai aimé comme un frère, lui murmure-t-il à l'oreille. Un cadeau de la vie cette rencontre, cette famille que je n'ai jamais eue...

Villemont sait qu'il ne doit pas flancher. À son tour, il remet au vieil homme sa chevalière. Je ne vous décevrai pas... mon frère. Dans ce dernier échange ils viennent de sceller à jamais leur destin.

Le vieil homme est déjà loin.

— On y va les gars, plus de temps à perdre !

Dès les premiers mètres, l'ambassadeur faiblit. Sa poitrine se soulève, il cherche de l'air... En panique, il cherche à se raisonner.

— Du calme..., du calme... Je suis au moins à cent quatre-vingts pulsations ! Si ça continue mon cœur va lâcher... C'est pas le moment de faire un malaise...

Sa vue se brouille, il n'entend plus rien. Sa respiration chaude vient cogner à la visière. Son casque l'empêche d'y voir clair. Mais hors de question de l'enlever, ou même de le soulever. Il pèse des tonnes, même ses oreilles, ses cheveux, son nez transpirent. Une rivière... La sueur dégouline sur ses joues et dans son cou. Sa nuque se tend. Il a envie de crier, il se retient.

— Ils vont me sortir de cet enfer, pas de doute...

Une halte. La main de Yann se pose sur son épaule, rassurante. Derrière lui, Keller fait bloc. Deux boucliers humains absorbent son stress. Quiconque voudrait s'interposer entre lui et ses gardes du corps n'y parviendrait plus. Un bond. Son gilet pare-balles ne pèse plus qu'une plume. Deux bonds. Il respire. Derrière, puis devant, Boris rythme la lente progression de la colonne. Keller lève le poing au fur et à mesure, indique à son appui qu'il peut avancer. La citadelle n'est plus très loin.

Boris fait halte, contrôle les angles, comme à l'entraînement. Ni plus ni moins, comme un automate. Des gestes qu'il connaît, des combinaisons devenues aussi naturelles que de mettre un pied devant l'autre. Qui fait quoi ? Chacun tient son rôle. Le souffle d'une explosion fait trembler les fenêtres des vieilles bâtisses. Une vieille femme s'aventure sur son balcon et tente de repérer d'où vient la détonation. L'ambassade, en contrebas ? Sans doute. Ou alors le Parlement tombé aux mains des séparatistes ? Sous ses fenêtres, les hommes en noir attendent qu'elle rentre chez elle.

Yann fait signe à tous de ne pas bouger.

Derrière les interstices de ses volets, la femme observe deux silhouettes au bout de la rue. Elle avait raison. Deux hommes sortent d'un immeuble désaffecté. Elle croit reconnaître l'un des deux. Mais pourquoi Zoran aurait-il quitté ses montagnes ? Absurde ! se dit-elle en regagnant sa chambre.

La dernière fois qu'elle a vu son frère, c'était le jour de son mariage il y a quinze ans, juste avant le putsch. À l'époque, il avait pris les armes et avait fui dans les montagnes le lendemain de l'indépendance du pays. Depuis, elle n'avait plus eu de nouvelles et n'avait pas cherché à en avoir, même lorsque les tensions avaient repris.

La pente se fait plus raide. Avec le stress, Villemont ne parvient plus à suivre le rythme. Il a tout oublié…, même ce serpent de route qu'il avait l'habitude d'emprunter les soirs de canicule, dans les premières années de son mandat. Des escapades avec sa femme pour fuir le protocole. Des heures entières passées sur les marches de la citadelle, dernière demeure des rois déchus. Dans ces ruelles, l'homme a tourné de nombreuses pages, pris de grandes décisions, confié ses souvenirs aux vieilles pierres.

— On doit atteindre le sommet avant dix heures. On va faire une nouvelle halte sur la terrasse intermédiaire, le temps qu'on nous fasse signe dès que l'hélico est en approche…, ordonne Keller.

Boris vient de se poster au pied de l'escalier qui mène à l'esplanade. Au loin, un cirque de montagne entoure la vallée, privée de plusieurs mois de pluie. C'est la fin de l'été, la nature a soif. Le soleil s'est couché de l'autre côté, précipitant un versant dans le noir. Des centaines de petits toits rouge lie-de-vin viennent égayer la plaine aride. La colonne, emmenée par Yann, attend le signal pour gravir la centaine de marches qui les mèneront à l'esplanade. Derrière le muret, le cimetière de la ville offre une cachette idéale.

— Là, on va attendre quelques minutes… Vous êtes d'accord ?

— Une visite aux morts n'a jamais fait de mal à personne… Au contraire, c'est une bonne piqûre de rappel, ironise l'ambassadeur.

Cela fait plus d'une demi-heure qu'ils ont quitté l'ambassade. Le compte à rebours s'affole, cloué au sol alors qu'ils devraient être déjà loin dans les airs, le groupe scrute le ciel désespérément vide. Boris et Keller ont reçu l'info, l'hélico ne devrait plus tarder…

— Keller de Mako, on est de l'autre côté du muret… Ça dort profondément par ici… Tu sais que je ne suis pas très versé dans le gothique, alors sors-nous de là au plus vite s'il te plaît !

— T'inquiète, on ne va pas traîner. D'autant qu'on n'est pas seuls sur le secteur… MARS devait nous sécuriser la zone, mais on n'est jamais mieux servi que par soi-même… On compte deux minutes trente pour le dernier escalier. Il va falloir que le VIP pousse sur ses gambettes et que son palpitant fonctionne à bloc. Boris a donné les coordonnées GPS à l'hélico et pose des balises. MARS est en stationnaire de l'autre côté de la colline…, prévient Keller.

Sur le toit de l'ambassade, les parachutistes de Bayonne et le GIGN restés en couverture contiennent l'ennemi. Ils ont déjà reçu des grenades type M 4 et répliquent avec des DMP et des lacrymos F1, juste derrière la ligne ennemie, comptant sur le vent venu du nord pour recouvrir l'ensemble. En face, quelques hommes ont sorti les armes lourdes, les Français viennent d'essuyer des tirs à la Kalach.

— LUTÈCE pour OGRE. Dès que le VIP flotte dans les airs, on décroche ! ordonne le commandant Jalbert, en liaison avec Keller.

— OK, LUTÈCE. Avez-vous pu fixer correctement l'ennemi sur l'avant ?

— Il faut s'attendre à des débordements. Il me semble qu'ils ne cherchent pas tant à nous viser qu'à récupérer votre VIP.

— Bien reçu, LUTÈCE. Dès que MARS nous a dropés, à vous de vous exfiltrer sans délai.

Le capitaine Keller baisse légèrement la tête pour régler son Holster, une balle frôle au même moment son oreille et vient se loger dans le muret d'en face.

— Merde ! Ils sont passés !

Quelques tombes plus loin, Yann indique à Villemont de se mettre à plat ventre et jette un coup d'œil dans la direction du capitaine.

— Ils sont passés entre les mailles du filet, souffle Keller dans sa radio. On n'a pas le choix : Mako, tu prends le VIP et tu fonces sur l'esplanade. Boris, t'attends en appui. MARS, mets la gomme et déboule : tout de suite ! Je retiens les assaillants. Trente secondes en statique, pas plus ! Vous décollez du secteur avec l'ambassadeur. Pas plus de trente secondes ! OK, les gars ? Silence radio. On est tous sur la fréquence de MARS.

— OK, mon capitaine ! réplique l'ensemble.

Mako prend l'ambassadeur par les deux épaules et le motive droit dans les yeux :

— Vous allez m'écouter attentivement. Boris et moi, on vous protège. On court. On grimpe. On ne se retourne pas. On ne se pose pas de question. On tient, on s'arrache !

— OK, Mako !

— C'est maintenant ! lance Yann.

En quelques secondes, les hommes du GIGN sautent le muret et s'éloignent du cimetière. Au pied de l'escalier, l'ambassadeur ralentit, comme s'il appréhendait la montée. Yann lui tire le bras. Dix, vingt, trente marches… À nouveau Villemont ne voit plus rien. Plus de souffle, sa poitrine le brûle, il va exploser.

— Parlez pas…

— Il a plus de jus ! constate Yann.

Boris, posté en surplomb, suit la scène du regard et couvre ses camarades. Dans la radio, l'équipe en renfort annonce son approche sur la citadelle.

Keller n'est plus en vue.

« Ne te retourne pas, se dit Yann, tu as ordre de ne pas ralentir le mouvement. »

— À terre ! crie Boris, en répliquant à l'AG 36.

Une grenade vient d'exploser à quelques mètres dans le ravin.

— Ils tirent des roquettes ! On a une équipe de pros en face ! annonce Keller dans la radio.

— Foncez !

Malgré le casque, Villemont entend l'hélicoptère en approche. Une fine poussière se soulève et l'empêche de respirer. En apnée, il finit les dix derniers mètres, agrippé au gilet de Yann qui le décolle du sol.

Dans son dos, il sent à nouveau une masse de muscles se plaquer contre lui. Le Puma est en phase d'approche, les turbines fonctionnent à plein régime, les pales claquent même sous son casque. Tous baissent la tête et continuent d'avancer.

« Devant, devant ! » se répète Yann pour ne pas se retourner.

Le Puma a surgi de nulle part. L'hélicoptère descend jusqu'au sol, deux tireurs à l'intérieur ont relayé l'appui de Boris et dominent les ruelles qui montent jusqu'à la citadelle. Seul Keller est à la traîne.

— On va leur mettre une ou deux répliques dans la vue, ça devrait les calmer, décide un des tireurs, fusil d'assaut bien en main.

En boule, l'ambassadeur se laisse guider par ses gardes du corps. Une main saisit vigoureusement son bras et une autre le tire par le gilet. En quelques secondes, il se retrouve collé à la carlingue et ne saisit pas bien combien d'hommes sont à bord. Quatre avec lui, peut-être cinq… Yann est là, près de lui. Mais Boris ? Et le capitaine. Où sont-ils ? Des armes lourdes, des cordes, des sangles s'emmêlent. Une masse vient lui tomber dessus. L'homme se retourne, c'est Boris.

Le pilote se retourne :

— Chef ! J'ai ordre de redécoller !

Décoller sans Keller ? Yann croise le regard de son ami, l'homme aux commandes décide d'entamer la remontée.

— Je suis désolé…

Les tireurs G-3 fouillent le sol une dernière fois. Boris compte, l'hélicoptère prend de l'altitude.

— Vingt secondes.

Boris saisit l'échelle et la lance dans le vide.

— On ne sait jamais, il faut lui laisser une dernière chance…

L'hélicoptère opère sa rotation.

— Vingt-deux mètres de corde, c'est tout ce qui lui reste pour se raccrocher à la vie…, calcule rapidement Boris.

Le vent redouble d'intensité. La corde se tend. Une main apparaît ! Puis deux ! Aidé de ses camarades, Keller se hisse dans l'habitacle. Le Puma prend de la vitesse, à 240 km/h, il se retrouve vite hors de portée des balles.

À l'intérieur, l'équipe exulte. Keller, presque euphorique, regarde ses amis, l'espace d'un instant il semble encore au cœur de l'action. Villemont n'en revient pas. Le bruit l'empêche de s'adresser à ces hommes prêts à mourir pour le sauver. Son regard est chargé d'émotion et de reconnaissance. Tous sont désormais loin de la fournaise. Bientôt, des colonnes de fumée s'échappent de la citadelle. La ville disparaît derrière les collines du Caucase. Assis les jambes dans le vide, Boris et Yann tardent à refermer la porte latérale qui les priverait d'un spectacle unique. Un vent venu de l'ouest charrie une tribu de goélands dissipés. Égarés dans les nuages, ils semblent rechercher la compagnie des hommes.

Trafic à Grande Vitesse

Samedi matin. Le Groupe est en planque sur un circuit automobile situé à une centaine de kilomètres au sud de la capitale.

« Il est mûr », constate Eddy. Cent kilomètres-heure en neuf secondes. Au volant d'une Mercedes 500 ML, Moussa vit des sensations fortes. Il n'en revient pas. Plus de doute ! C'est ça qu'il veut faire. Foncer ! Prendre les lignes droites et gazer dans toutes les courbes. Pousser le moteur, le faire hurler ! Dépasser les autres et leur montrer qui est le roi de la piste.

Il jette un coup d'œil en direction de son cockpit, une euphorie illumine les traits de ce jeune adulte aux airs d'adolescent. À l'affût de la moindre provocation, il attend son rival comme un surfeur guette la vague du siècle.

Dans son rétroviseur, une Chevrolet. Elle ne met pas longtemps à remonter une file de voitures et lui fait une queue de poisson avant même qu'il ait eu le temps de réagir. Un deuxième 4 × 4 le talonne, se met dans ses roues et menace de le doubler. Piqué au vif, le pilote mord la piste avec l'arrogance de la jeunesse :

— Je vais lui mettre sa race ! Il va rester scotché !

Pied au plancher, le jeune homme fixe son concurrent sans contrôler la BMW-X File…

— Je vais le secouer un peu ! annonce Alex en déboîtant sur la droite.

Boris décroche et laisse son camarade prendre le relais. Tous deux se font passer pour des coureurs occasionnels...

— Est-ce qu'ils ont tous à me passer sous le nez aujourd'hui ? s'impatiente Moussa.

Eddy observe son poulain. En quelques semaines il est sa meilleure recrue depuis un bail. Mais il sait qu'une bonne technique de conduite ne suffit pas pour lui confier son premier Go-Fast, un « TGV » dans leur jargon… L'occasion est toute trouvée de tester son sang-froid…

— Te laisse pas envahir par tes émotions…, fais redescendre la pression…, freine pas ! Freine pas…, doucement… Vas-y ! Fonce maintenant !

Moussa s'accroche, reprend la main sur la BM… Au deuxième tour, la Chevrolet se maintient… Boris lui donne à son tour du fil à retordre.

— Toujours pas doublé cet enculé ! peste-t-il.

— T'inquiète… Fais-toi confiance, tu passeras au prochain tour…

Il enchaîne deux virages de suite… Talon-pointe… Talon-pointe…

— Là ! Je passe !

— Non ! Attends encore… pas tout de suite !

— Il me bouche l'horizon… ! Il se met en travers, le bâtard !

— Ça y est ! Tu l'as, mate l'ouverture…

— L'autre morpion derrière..., il me colle au cul !

— T'occupe pas !

— Je fais comment ?

Les deux gendarmes font mine de s'incliner...

— Maintenant !!!

Filet de gaz... Corde... Accélération... La voiture file en droite ligne et creuse la distance... Hors champ ! Moussa prend la tête.

— Casse-toi, connard !

La Mercedes remporte le bras de fer dans un vrombissement altier :

— En rêve ! Ils s'y croyaient ! Les bouffons..., des bâtards ! lâche Moussa sur le parking, wahou ! La première fois ça surprend ! C'est comme un dépucelage ce truc-là !

— T'as raison ! ça donne un bon coup de fouet et ça met en forme pour toute la journée... C'est autre chose que les rodéos en bas des tours !

— Un vrai kif, tu veux dire !

Moussa s'est trouvé, pas de doute. Grâce à qui ? À ses nouveaux amis... Il y a encore trois mois, il zonait dans sa banlieue, enchaînant petits braquages et moyens trafics. Aujourd'hui, on lui reconnaît des qualités et on souhaite lui confier de grosses responsabilités. « Ils » lui ont évité la prison. « Ils » lui ont payé une formation. La conduite sportive, c'est ce qu'il voulait.

— Gratos ! Tu te rends compte du cadeau en or, a-t-il confié à l'un de ses frères dans la galère... Je vais tous vous faire sortir de cette merde ! Je sais comment nous en sortir de cette vie de merde... Fini la misère !

La contrepartie ? Un convoyage un peu particulier de temps à autre... Une chevauchée spéciale entre l'Espagne et la France. Deux mille kilomètres dans un bolide bourré de résine de cannabis.

— Pirates des autoroutes... qu'on nous appelle !

Moussa connaît sa dette et entend l'honorer.

— On ne te demande pas de faire discret. On te demande de faire vite ! lui explique Eddy.

Grâce à ses « nouveaux potes », il sera un jour une star de l'automobile :

— Mieux que Sébastien Loeb. Et pourquoi pas cascadeur dans les films de Luc Besson avec Vincent Cassel !

Moussa en veut, il se bat et n'a pas froid aux yeux. À lui la grande vie, les voyages, les gros salaires !

Le tandem, tout à sa victoire, ne repère ni les hommes déployés tout autour du circuit, ni les moyens techniques qui les suivent à la trace et enregistrent tout ce qu'ils se disent…

À peine sorti du 4 × 4, Eddy le félicite :

— T'as bien bossé ! Bravo, mon gars. Viens ! J'te paie une mousse avant de rentrer au bercail.

À peine installé dans la buvette, Eddy ne résiste pas…

— Tu es prêt à prendre du galon ?

— Plus que ça ! Je prends n'importe qui sur cette piste et partout ailleurs !

— C'est une excellente nouvelle… Tu étais prévu sur la prochaine livraison. Non seulement tu restes, mais tu montes en grade. Lundi prochain c'est toi qui transportes la dope. Tu vas descendre tranquillement à Almeria avec un collègue. Tu es là-bas pour prendre une petite semaine de vacances au soleil. On te recontacte sur place. Tu laisses ta puce ici et tu achètes une carte lundi matin à la poste centrale du bled. Rien de détectable. C'est tout ce que tu dois savoir pour le moment.

Patron d'une agence de transport et de sécurité, Eddy dispose d'une vitrine idéale pour développer ses activités « plus rentables »... Maillon de la chaîne d'un trafic drogue d'envergure, il est chargé de constituer des équipes de chauffeurs et de tester les voitures qui vont servir au convoyage, une à deux fois par mois. Seuls quelques-uns, dignes de confiance, font partie du cercle. Moussa n'a pas l'intention de jouer au caïd plus qu'il n'en faut. Il se croit plus malin que les petites mains de sa cité attendant au pied des tours les quelques miettes qui tombent des gros bonnets. Son monde c'est la vitesse, flirter avec le danger c'est son projet de vie. Depuis son CAP de mécanicien, il poursuit le rêve de devenir champion de course automobile et de monter sa propre école. C'est la chance de sa vie. Il se donne quelques années, le temps de se constituer le magot suffisant et il rentrera dans le rang, bien sagement.

— Je te le souhaite, si c'est ça que tu veux... Mais l'argent n'a pas d'odeur et celui-là se trouve en ce moment sous les sabots d'un V8[1] ! Alors si tu veux te constituer un petit pécule vite fait, je crois qu'on peut s'entendre sur une forme de contrat à durée déterminée, lui propose Eddy. Oui un CDD !

Moussa veut croire qu'une fois le doigt dans l'engrenage, il pourra s'en extraire aussi vite qu'il y est entré. Quelques mois de bons et loyaux services à faire la mule de luxe et il saura s'arrêter à temps...

— Tout vient à point pour qui sait attendre..., sourit Moussa en essuyant les petites gouttes qui perlent sous sa casquette. Tss... quelle chaleur dans ce bled !

1. V8, c'est le nombre de cylindres dans le moteur d'une Mercedes 500 ML Sport.

Sans baisser les yeux, il pose son coude sur la table et approche son visage tout près de celui d'Eddy :

— J'attends ce moment depuis trop longtemps pour griller mes cartouches. J'ai quitté la loose et je ne compte pas remettre le nez dedans. Alors je ne vais pas rouler en Ferrari dès la première paye pour attirer les foudres de la brigade financière !

D'ordinaire, Eddy n'est pas démonstratif :

— Ça tombe bien ! Chez nous, on apprend à se la mouler si on veut durer. Ceux qui ne respectent pas cette règle sont vite écartés du business... Si tu veux faire partie de la famille, marche droit et ferme-la.

À huit cents mètres, Abel tape dans le dos de son frère sans ménager son épaule à peine remise d'une mauvaise chute à l'entraînement :

— Yes !!! On les tient, enfin !

— On a l'équipe dans son ensemble ! Jusqu'au dernier maillon. La SR [1] a eu le nez creux ! ajoute Tom.

— Et nous aussi ! frérot...

Eddy et son poulain ne se doutent de rien et déroulent le dispositif...

— Une ouvreuse, une suiveuse et toi qui donne le tempo au milieu... DJ Moussa aux manettes ! lui rétorque Eddy, content qu'il retienne la leçon. T'es OK pour te lancer dans le grand bain à la prochaine livraison ?

— En dessous d'un V8 ! J'aurais dit non ! plaisante le jeune homme en se massant la nuque.

À dix-neuf ans, lui qui en fait vingt-cinq est heureux d'être admis dans la cour des grands. Plus petit que les

1. La Section de recherche prend en charge les enquêtes en matière de crime organisé et de trafic de drogue. Il arrive que, sur commission rogatoire, on fasse appel aux gendarmes du GIGN pour assurer l'observation ou l'interpellation d'individus particulièrement dangereux.

autres et traité « d'avorton » pendant toute son adolescence, il a rattrapé en largeur ce qui lui faisait défaut en hauteur. Court sur pattes, les mains carrées et les avant-bras de forain, on le surnomme la « Massue » dans tout le quartier.

— Oublie pas tes cervicales, petit, c'est le talon d'Achille de tous les pilotes qui se respectent ! Tes cervicales… Le talon d'Achille…

Depuis plusieurs semaines, la Force d'observation recherche prête main-forte au capitaine Jussot, qui dirige la Section de recherche de Versailles. Abel et Simon ont posé des micros dans la buvette et dans les vestiaires. Après chaque entraînement, les pilotes fêtent leur victoire autour d'un verre et s'échangent quelques bottes secrètes. Boris et Alex se sont portés volontaires, sans trop se faire prier, pour participer au rodéo des 4 × 4 qui se tient une fois par semaine. Pour pimenter l'événement, chacun conduit sa propre voiture, frais de casse à la charge du client ! Keller a dû batailler pour que Giraud accepte le deal…

— Qu'est-ce qui vous gêne, mon colonel ? Nos pilotes seront de loin les meilleurs du circuit, lui a-t-il opposé.

— Je n'en doute pas une seconde…, en est convenu Giraud, coincé.

Boris dans la Chevrolet, Alex dans la BM jouent à merveille les sportifs du dimanche et rajoutent quelques coups de pression supplémentaires… Eddy et Moussa ont mordu à l'hameçon. L'occasion était toute trouvée pour le jeune homme de tester ses capacités grandeur nature. L'un s'est senti pousser des ailes et l'autre s'est rassuré une dernière fois sur sa nouvelle recrue… Boris et Alex, restés à l'écart à discuter sur le parking, passant pour des mauvais perdants. Un moyen de ne pas disparaître dès le dernier tour de piste.

— C'est bon, on dispose d'assez d'éléments pour que le procureur nous donne le feu vert ! se réjouit Abel. On redescend dès demain sur Andorre [1], ça nous laisse quatre jours pour peaufiner le dispositif avec les douanes.

Les deux trafiquants sortent de la buvette en plaisantant. Sur le parking, Boris et Alex poursuivent leur conversation en commentant leur course, faisant mine d'être déçus par leur prestation.

— C'est bien petit. Tu piges vite, je saurai m'en souvenir… Tiens ! ça va te faire plaisir, c'est toi qui nous ramènes à la maison… Mais ici, pas de dépassement de vitesse, ce serait dommage de te faire tirer le portrait juste avant de partir !

— Pas de souci, patron. J'ai eu ma dose pour aujourd'hui…

— Tu percutes et tu calcules le risque, tout dans la souplesse ! T'es arrangeant, t'as tout compris ! T'es un… pragmatique ! Je l'ai vu tout de suite…, pragmatique et pas tête brûlée, répète Eddy, comme à chaque bon mot.

Moussa ne saisit pas très bien ce que son patron a voulu lui dire… Une fois de plus, il acquiesce sans poser de question.

« Il sera toujours temps d'approfondir… Et puis je ne compte pas en rester là », songe-t-il, le volant bien en main, bientôt c'est moi qui occuperai la place de ce bâtard !

---

1. La frontière franco-andorrane s'étend sur soixante-quatre kilomètres, au sud d'Andorre et au nord de l'Espagne, dans le massif des Pyrénées.

À deux cents mètres, Abel et Tom en camouflé « sable » sont totalement indétectables.

— Les targets reprennent la route. Ils vont passer devant nous. On ne bouge pas, on attend le signal…

La Mercedes leur passe presque sous le nez.

— On décroche, annonce Abel. Vous récupérez le matos de la Tronche et on se retrouve pour le débrief à Pasquier.

Puis se tournant vers son frère :

— Huit heures là-dessous sans bouger un cil… On ne peut pas continuer à porter ces tenues en plein cagnard… La prochaine fois, je me fous à poil en dessous ! On n'est pas en Sibérie Orientale…

Le soleil tape. Sur le bord du parcours, un homme tond la pelouse, casque sur les oreilles, torse nu et espadrilles aux pieds. Au loin, des minivaguelettes d'air chaud caressent l'asphalte. Un jeu de lumière qui fait danser la piste. Une odeur de caoutchouc brûlé flotte, les prochains clients n'arrivent pas avant 15 h 30. C'est la pause-déjeuner, le bruit de la tondeuse ronronne en bout de piste, renforçant l'impression de vacances. Une voix s'échappe de la buvette, mais personne derrière le bar. Le transistor livre les dernières infos de la mi-journée et l'état des bouchons qui bloquent les aoûtiens au passage du tunnel de Fréjus.

Alex et Boris récupèrent les deux dernières cartes laissées sur le tableau magnétique. L'un détache les gros aimants dans lesquels les micros sont dissimulés et les glisse dans sa poche. Pendant que l'autre en décolle deux autres placés sous les tables.

— La Tronche s'est encore surpassé… Deux weekends de suite qu'il consacre à finaliser les miniatures…

on a gagné des semaines de filoches avec ça. J'en connais un qui va être content…

Depuis quelques jours, Keller sent que l'enquête prend forme. Les planques et la filature ont fait émerger un trafic qui couvre un bon quart de la région parisienne. Il table sur un gros démantèlement. Stups et GIGN sont mobilisés sur cette affaire. Toute la chaîne du trafic est visée : tête de réseau, grossiste et revendeurs.

— On va toucher le tiercé, les gars !

— Les détaillants, c'est l'affaire des stups, et là on est déjà assurés de choper la tête de gondole ! se réjouit Abel…

— Et c'est le big boss qui va tomber dans la foulée ! enchaîne Tom.

— C'est ce qu'on pensait… Eddy fait l'interface entre Feracci et les Marocains. Il fournit les Mercedes et les chauffeurs sur les deux tableaux, sécu et convoyage. Des voitures « légales » et d'autres « maquillées et recyclées », provenant d'un trafic juteux de *carjacking*[1]. Ensuite, l'honorable patron de PME se débrouille pour établir des fiches de paie, grâce à son business de services en tout genre… Ni vu ni connu…

— On va se faire un plaisir de décapiter cette organisation des pieds à la tête, résume Keller.

Certains debout, d'autres assis sur des coins de table, la vingtaine d'hommes impliqués dans l'enquête rejoint la salle et écoute les dernières avancées. Keller déploie une grande carte et trace en rouge une ligne verticale qui part du Maroc et remonte à la périphérie parisienne, en entourant les différentes étapes.

1. *Carjacking* : vol de voiture qui consiste à sortir le propriétaire au volant de son véhicule avec violence et menaces.

— Point de départ, point d'arrivée. Désert du Rif. Almeria. Andorre. Sarcelles. Un itinéraire devenu un grand classique. Nous, on intervient sur la partie française. Les Espagnols ont compris l'intérêt de laisser remonter le convoi pour taper tous les maillons de la chaîne… Ils assurent le « Rens » sur leur zone. On place deux équipes : une à terre, une autre dans les airs. Tom, tu restes au sol. Abel, ta partie va se jouer dans l'hélico. Cette fois les gars, pas de frustrés on va panacher l'inter et l'observation. Tout le monde va avoir droit à sa petite montée d'adrénaline…

— Les stups c'est son truc, souligne Simon. Son instinct de chasseur se décuple !

— Je vous attends demain à huit heures, pour un gros point de situation, poursuit le capitaine, les yeux rivés sur l'itinéraire qu'il vient de tracer. Il n'est pas impossible que les choses s'accélèrent et que l'on doive partir dans la foulée. Ah ! J'oubliais… Je tiens à féliciter d'ores et déjà la Tronche, qui a fait un travail remarquable !

Un torrent d'applaudissements s'abat sur Simon :

— Tout ça pour que je me pointe demain matin avec une cargaison de croissants ?

— Bien vu ! On compte sur toi ! Chauds et croustillants !…

Jussot et Keller ont bataillé avec leurs hiérarchies respectives pour garder l'affaire et convaincre toutes les parties d'aboutir à une commission rogatoire internationale. Plus d'un an d'enquête, des jours de planque pour les hommes de la FOR… Tout le monde est impatient de passer à l'action, tant à l'observation qu'à l'Inter.

Tout a commencé par une banale arrestation. Une mule contrôlée avec une savonnette[1] de shit sur une passerelle, au-dessus d'un RER... Un nom lâché, puis la pelote se dévide... Simon et Abel surveillent la propriété d'un certain Raoul Feracci et se rendent compte que quelque chose cloche dans les allées et venues de la famille. Voyages d'affaires au Maroc, locations de voitures : Eddy apparaît. Quel lien entre les deux hommes ? La femme de Raoul n'est pas très claire non plus. Un leurre, ils en sont sûrs... La patience de quelques mordus du Groupe et de la SR de Versailles va permettre d'établir des passerelles entre les uns et les autres. Une architecture assez complexe et très bien huilée. Où vont-ils taper ? Sans doute au bord d'une autoroute. Quand ? Cela reste à déterminer. Comment ? Keller a déjà sa petite idée...

À peine rentré dans sa cité, Moussa monte sur le toit de son immeuble. Désert jusqu'au soir, il accueille une partie des habitants dès la tombée de la nuit. Les plus jeunes y montent pour fumer derrière le grand transformateur de secours, lorsque EDF coupe le courant pour cause d'impayés généralisés. Les plus vieux font sauter les côtelettes agrémentées de quelques bières et d'un double discours sur les valeurs laissées au « bled » et les retombées économiques générées par les trafics de la cité. Mais Moussa n'est pas dupe...

— La tradition, c'est pour les moutons ! martèle-t-il à chaque fois qu'il peut convaincre un gamin de ne pas s'y laisser prendre.

Par-delà les barres d'immeubles, quelques îlots pavillonnaires renforcent l'uniformité des tours et renforcent l'impression de vivre dans un ghetto.

1. Bloc de deux cent cinquante grammes de résine de cannabis.

— Faut pas croire ! Le jour où je vais tourner les talons…, tout ça va me manquer, prédit le garçon.

De sa fenêtre, Keller observe d'autres tours. Celles qui abritent ses collègues et leurs familles. Elles « n'envoient pas du rêve non plus »… Il mesure le sacrifice de quinze ans de bons et loyaux services.

— Mais si c'était à refaire, je referais tout pareil, se dit-il en fouillant dans ses souvenirs.

Moments de doute et gros coups de mou refont surface. Il se souvient de son arrivée avec Sarah, quelques jours après sa première affectation à Satory. Sarah avait résumé ses dix prochaines années dans un long soupir et un air un peu décontenancé. Lui, vivait dans le présent et rêvait de justice et d'action. Pour se donner du courage, Sarah, « l'anti-Pénélope », s'était donné cinq ans sans y croire. Elle avait fini par s'enfuir.

— En entrant ici, on sait ce qu'on gagne, mais on ne sait pas ce qu'on perd, lui avait dit Will Arno, dans les premiers jours de leur arrivée au Groupe.

Sarah a préféré le laisser accomplir ses rêves… La belle âme continue d'accompagner ses pensées et, à aucun moment, il ne lui est venu l'idée de l'en chasser.

Nul roi alaouite ne s'est sérieusement opposé au commerce du « kif[1] ». Selon la légende, la première graine de cannabis a germé à Kétama, dans le désert du Rif, au nord du Maroc. Les cultivateurs se considèrent comme les serviteurs des trafiquants et pour chaque moisson mettent les bouchées doubles. Des petites silhouettes à peine âgées de dix ans redescendent des

1. Autre appellation de la feuille de cannabis provenant d'Afrique du Nord.

collines, irriguées par des tuyaux souterrains sur des kilomètres et aménagées pour optimiser la culture destinée aux villes côtières. Les bras chargés de bouquets géants, ils démontrent une fois encore que la récolte de cette année sera exceptionnelle. Çà et là, d'anciennes chèvreries abritent les stocks, pendant que d'autres font office d'ateliers dans lesquels les presses fonctionnent à plein régime, automne comme hiver. À la nuit tombée, les paysans tendent de grandes étoffes « Made in China » et y disposent les branches, afin d'y recueillir la précieuse résine, une « Special Medecine », comme ils la nomment. L'orage répressif est passé, depuis l'arrivée du nouveau commissaire local, le business est reparti de plus belle.

Cela fait trois ans qu'Eddy fait le voyage de temps à autre, assurant le fret d'un commerce d'amandes pour la femme de Raoul Feracci, patronne de la florissante gamme de produits de beauté Voile d'Orient. La couverture fonctionne parfaitement bien, grâce au nombre limité d'allers et retours et des complicités à l'import-export sur le port de Tanger.

Les pieds dans le Moyen Âge et l'oreille collée au portable, Sid, le principal fournisseur, a rentabilisé ses quelques lopins de terre il y a tout juste dix ans. Une organisation qu'il doit à son sens du commerce et à l'adaptation dont il a su faire preuve en se mettant à internet. Sur un site sécurisé il échange des informations avec la France et obtient, par ses intermédiaires sur place, un maximum de discrétion. Eddy et Feracci sont au courant en temps réel de toutes les étapes du transfert. Cette année la terre a eu soif, la récolte d'amandes a été avancée de trois semaines. L'occasion est trop bonne de coupler les deux livraisons jusqu'à l'Espagne.

De son côté, pour avoir accompagné deux convois en doublure, Moussa connaît dans les grandes lignes le déroulement des opérations d'Almería à la cache habituelle. La veille de son départ, il ouvre une dernière fois sa messagerie et prend connaissance des ultimes détails :

J & B ACCOMPAGNE TES NUITS – POISSONS GRILLÉS CHEZ MAGDALENA SAMEDI – RETOUR MERCREDI – OUVERTURE OUI – FERMETURE NON – OK.

Habitué au message codé d'Eddy, Moussa interprète le SMS, puis l'efface dans la foulée :

— Un mythe, ce JiBi ! Il va tout m'apprendre. Quelques jours à Almería chez Magdalena, la belle pouliche aux yeux de biche et aux formes généreuses. Comme mise en bouche, y a pire… Quelques sticks [1] sur la plage, devant un beau coucher de soleil, en attendant la livraison. La belle vie !

Almería, rose et blanche. Depuis deux jours, une demi-douzaine de « *busquimanos* [2] » repèrent sur toute la côte d'éventuels largages et se font de plus en plus présents autour des restaurants. Ils profitent de la saison estivale pour se mêler aux touristes qui se donnent rendez-vous sur les criques pour prolonger la drague entamée dans les discothèques de la ville. En planque, les enquêteurs espagnols n'apprécient guère cette affluence et en France on commence à se demander si le débarquement va pouvoir se faire.

1. Ou encore « spliff », sont des termes qui désignent un « joint ».
2. On appelle ainsi les jeunes trafiquants qui débarquent au petit matin sur leurs mobylettes et qui récupèrent les stocks de shit qui sont laissés par les canots à moteur.

— Il ne faudrait pas que ça devienne le nouveau spot à la mode, sinon nos gars vont très vite changer de crèmerie ou tout annuler…, confie Keller à Jussot.

Comment dissuader les adeptes du bain de minuit et de la drague sous la voûte étoilée de migrer plus loin ? Keller suit de près l'évolution et fait confiance aux confrères transalpins, persuadés après écoutes téléphoniques que les ballots vont être largués dans les quarante-huit heures.

Il est 4 heures du matin, Magdalena vient de fermer son bar et comme tous les soirs pianote sur « Messenger » avec les gens de Ketama. Un camion blindé doit descendre dans deux jours avec une importante cargaison d'amandes de premier choix pour la société Voile d'Orient. À Tanger, arrivées à bon port, les caisses vont transiter dans un entrepôt en attente de fret. C'est pendant la nuit qu'une partie de la livraison va être redirigée par des complicités internes. Le cannabis est conditionné dans des sacs en plastique javellisés pour en faire disparaître l'odeur. Ils doivent faire le voyage dans la nuit de dimanche à lundi, au plus tard. Moussa et son coéquipier sont chez Magdalena depuis ce matin et prennent du bon temps.

— Tout est prêt. On guette les sirènes, conclut la femme, prudente.

À quarante-deux ans, la maîtresse des lieux consigne dans un carnet toutes les confessions faites sur l'oreiller par des marins d'eau salée et aventuriers des mers du Sud. Les poètes aux semelles de vent en quête de repères font également partie de ses clients préférés. À

Cachaça[1] Beach, Magdalena vend ses cocktails, et plus si affinités. En voyant débarquer Moussa dans sa cabane de pêcheur, elle et lui se sont compris sur la nature de leurs échanges. Elle s'est contentée d'estimer le plaisir qu'il allait lui donner. Il n'a pas quitté des yeux ses formes généreuses, jusqu'à ce qu'il en dispose.

Jibi est monté se coucher, assommé par les litres d'alcool sucré qu'il a ingurgités. Magdalena tend une dernière caïpirinha à Moussa, qui cherche au loin les premiers ballots rejetés par la mer. Le cocktail lui monte à la tête, d'autant que, depuis son arrivée, il fume cône sur cône au rythme de la musique électronique délivrée par deux enceintes surpuissantes.

— Ils ne viendront pas ce soir. Demain, peut-être… Je te préviendrai. T'auras peu de temps pour te préparer… Tu partiras sans me dire au revoir.

Moussa ferme les yeux et savoure l'accent de Magdalena, comme un préliminaire au plaisir.

— Si tu fais l'amour comme tu parles, on va passer un bon moment tous les deux…

Le jeune homme laisse monter le désir et laisse son imagination cavaler.

— En France, dans nos quartiers, on baise les femmes comme on conduit sa voiture… avec le souci de prendre du crédit auprès des autres. Peu importe l'acte, ce qui compte c'est l'effet, l'effet que ça peut avoir sur le mec d'à côté…

— Hey *loco* !

— C'est quoi loco ?

---

1. La cachaça est un alcool fort extrait de la canne à sucre. Mélangé au sucre de canne et au citron vert, on obtient la caïpirinha, un cocktail brésilien servi avec de la glace pilée.

— Loco ? Ça veut dire fou ! Tu ne dois pas avoir peur de moi…, je mords pas, ou alors, juste ce qu'il faut…

Doucement, il la fait remonter et la bascule sur le lit en écartant ses jambes. Sur elle, il se sent fort. En douceur, il la pénètre… L'étreinte dure peu de temps. Tous deux s'endorment, loin de penser qu'à quelques centaines de mètres, la brigade des « Levant[1] » étudie leurs moindres gestes… Dans les différentes sections de recherches de France et d'Espagne, les commentaires vont bon train.

Le lendemain matin à la caserne Pasquier, Keller répète les consignes et détaille une dernière fois le dispositif global.

— Qui dit bonne planque, dit moisson de détails… Notre ami Moussa et son collègue sont arrivés à bon port. Ils prennent connaissance des lieux…

Quelques rires fusent…

— Sans jeux de mots ! Apparemment ils ne se doutent de rien. Le plus jeune s'envoie en l'air à la belle étoile ! plaisante Keller, qui vient d'être informé des performances de la nuit.

Puis il commence par donner la parole à Yann pour s'assurer que tout est clair, comme pour un examen blanc.

— Primo. On dispose d'une balise sur la voiture de Moussa. On va la jouer classique, interpellation au péage. Il ne va pas prendre le risque d'emprunter la

1. Groupe spécial de lutte contre le crime organisé, constitué par le gouvernement espagnol en novembre 2005 et qui se concentre spécifiquement sur la portion Almería-Barcelone. Deux autres groupes ont été formés au sein de la police nationale le GRECO (sur la Costa del Sol et en Gallice).

montagne, d'autant qu'on va le laisser tranquille jusqu'à la frontière. Avant Bordeaux ? Après Bordeaux ? Ça reste à définir... Secundo. Tom, tu te charges du groupe au sol, tu disposes des deux 4 × 4. Tertio. À toi d'assurer la filoche à vingt kilomètres de l'endroit où on « tape ». Abel, t'es dans l'hélico avec ton équipe composée de deux G3. On a les « Mobiles » pour assurer la fluidité du trafic quand on chope les targets. Au même moment, Boris et Alex, vous êtes chez Feracci. On embarque le matos. De son côté, Jussot se pointe chez Eddy. Deux box pas très loin de sa boîte de bagnoles. C'est là qu'il écoule sa came et effectue le « coupage ». La SR emballe tout ce qu'elle trouve, revendeurs et ballots. On lui doit bien cette interpell...

Les hommes écoutent avec attention. Mako... Boris... La Tronche... Tom... Dans le magasin, des dizaines de cantines en métal kaki, marquées sur la tranche des initiales de chacun et rangées méthodiquement sur les étagères. Armes prêtes à l'emploi. En remontant du pas de tir, Abel passe une tête et salue le chef Bertrand, responsable de l'armurerie et surnommé « GO », comme « gentil organisateur », par tous les membres du Groupe.

— Keller vient de fixer le départ dans H-vingt minutes, tu peux dire à tout le monde que tout est prêt pour recevoir le matos ? demande GO à son collègue.

Un par un, à vélo ou à moto, les membres du Groupe de première alerte arrivent. En moins d'une heure, ils sont prêts à partir pour toute opération d'envergure, comme les prises d'otages, les mutineries et autres crises majeures. Mais pour l'heure, chacun maintient la tradition de la caserne : saluer le magnifique coq de bruyère à l'entrée et boire un café à la cafétéria. Au-dessus du percolateur, la photo d'un des membres tué par un forcené, parti il y a mois d'un an, en pleine force de l'âge. Comme un deuil que l'on porte le temps qu'il faut, un hommage discret lui est rendu, une piqûre de rappel sur les risques qui les attendent sur chaque mission. Ils assistent également au départ du groupe 4 avec une certaine envie. L'ambiance est bon enfant : mais ceux qui restent rêvent secrètement de décrocher la mission du siècle…

— On espère s'amuser aussi bien que vous cette semaine, les gars ! lance l'un d'entre eux…

— Une petite désintox d'adrénaline, ça ne te fera pas de mal ! lui répond Yann, affichant un large sourire de contentement.

— Dommage pour ton bronzage ! Il paraît que dans le Sud, il va flotter…

— Pas grave ! Chez nous, au groupe 4, on ne mesure pas la mission à la crème solaire qu'on doit emporter… Mais chacun son curseur !

Les plaisanteries fusent, le capitaine s'y met à son tour :

— Mako ! Laisse pisser… et puis, si tu veux mettre en valeur tes tatouages pour tes vacances au bord de la mer, une petite préparation, ça n'a jamais fait de mal…

Yann ne saisit pas le sens de l'intervention de Keller… Alex et Boris tendent l'oreille en chargeant les derniers sacs dans les coffres…

— Tu te souviens des deux jours de permission que tu as signés pour la semaine prochaine ?

En effet, ça remonte à loin ! Un matin, juste avant une intervention, le capitaine lui avait tendu une feuille qui ressemblait à un ordre de mission :

— Allez Mako ! Signe en bas à droite !

Keller lui rappelle son engagement :

— J'ai retenu deux jours à Hossegor pour tous les fondus de surf et de soleil. Au menu : championnat du monde catégorie féminine ! sur ces bonnes paroles, ciao les gars, le groupe 4 vous enverra des cartes postales !

Tout est bouclé. Le capitaine demande à ses hommes quelques minutes pour aller saluer Giraud. En longeant le couloir sombre qui le mène au bureau du lieutenant-colonel, il ralentit, puis s'arrête. Devant lui, un mur de photos. Des visages qui composent le GIGN depuis ses débuts. Anciens et actuels, pêle-mêle et par ordre d'entrée. Ils portent sur l'épaule droite l'insigne sur fond bleu d'un parachute et d'un baudrier. Sous la photo, aucun nom, juste des numéros de brevets accompagnés d'une date de départ. Des destins que l'on devine au temps passé sous le drapeau. Parmi eux, le père d'Alex et Sylvain, son compagnon d'armes, partis trop tôt, lui aussi. Un accident de franchissement pour l'un, et de parachute pour l'autre, tous deux à l'entraînement. Il a vu son ami mourir sous ses yeux. Il s'en veut toujours de n'avoir rien pu faire. Douze années sont passées et, à chaque départ, il vient dédier la mission à celui qui aurait dû la faire à ses côtés. Un rituel. À l'heure du coup de force, il le salue et puise dans son regard une forme de courage et d'humilité.

Le convoi du capitaine Keller s'éloigne de Satory, direction la frontière franco-espagnole : aux dernières nouvelles, quatre cents kilos de résine de cannabis dorment bien au chaud dans un box plus au sud, au cœur de la médina de Tanger. Trois gamins des rues se chargent de donner l'alerte à la moindre approche suspecte. Pour une poignée de dirhams, ils font le guet et repèrent en un clin d'œil les rôdeurs inopportuns. La survie se niche là où le rêve n'a pas survécu. Deux silhouettes s'approchent, leur font un signe de la main et descendent directement au premier sous-sol. Tous travaillent pour Sid. Une armée bien disciplinée. Grands et petits vivent du trafic de « là-haut », comme ils disent. Ils reçoivent leurs ordres du cousin Ali, toujours présent dans la dernière phase, la plus délicate.

Cela fait quatre ans que ce trentenaire a quitté la montagne et sa famille pour s'installer à la ville. Il connaît les plannings de tout le personnel du port et surtout les employés susceptibles de succomber aux sirènes de l'argent facile. Il attend le bon moment pour leur proposer de fermer les yeux, juste d'aménager un temps mort pendant lequel ils détournent leur regard. Ali s'adapte au contexte, change de tactique dès qu'elle est trop rodée. Son ennemie : la routine. Une fois par ferry, une autre fois par hors-bord. Pour mieux brouiller les pistes, Sid et Ali ont fait descendre deux cargaisons : des amandes partiront d'un côté pendant que le cannabis sera écoulé de l'autre. Il faut peu de temps au cousin pour flairer le danger. Trop de calme, ou au contraire trop d'agitation.

— La rue, c'est comme la femme : tu peux voir le danger ou la trahison en un coup d'œil, explique-t-il à son garde du corps.

Rien à droite, rien à gauche. Les deux hommes sortent au volant d'un 4 × 4 rutilant, sans que personne s'en étonne. Dans la rue principale, quelques regards se détournent et plongent vite vers le sol.

— La loi du silence, ça reste encore une valeur bien ancrée dans ces coins-là, lance-t-il en tapotant frénetiquement sur son volant sport. Devant les ruines du Gran Teatro Cervantes, un groupe de touristes admire les vestiges d'une ville au passé cosmopolite et secret.

À deux cents mètres à peine, la voiture tourne dans une ruelle étroite et s'engouffre dans une villa, taillée dans la roche. Le haut portail se referme sur une forêt de cactus et de bougainvillées qui descendent jusqu'à la mer. Sur la gauche, un chemin privé contourne une terrasse offrant un des plus beaux points de vue sur le golfe. Tous les volets de la villa sont fermés, l'entretien du jardin indique que la maison est inoccupée mais pas désertée. L'air est chargé d'eucalyptus et de lavande. Phares éteints, plongé dans une quasi-obscurité, Ali s'engage sous les pins parasols, éclairé par un ciel de pleine lune. Quelques minutes plus tard en contrebas, sur une crique à l'abri des regards, des silhouettes attendent le feu vert pour manifester leur présence. Leur hors-bord moteur éteint est au mouillage.

Des hommes se tiennent prêts à transbahuter des ballots de cannabis, hermétiquement conditionnés. Le périple pour atteindre Almeria est bien plus long. Pas une minute à perdre, l'embarcation repart dans la foulée, lestée de quatre cents kilos de résine. L'arrivée doit se faire avant les premiers rayons du soleil. Une voix dans la nuit rompt le silence :

— On trace les gars ! Cap sur l'Europe !

Le bateau, avec ses quatre moteurs de deux cent cinquante chevaux, fend l'eau sans le moindre effort, rebondit, puis atteint les quarante nœuds [1], sa vitesse de croisière ! Majestueuses, les côtes tangéroises s'évanouissent dans un halo de fines gouttes d'eau salée.

1. C'est-à-dire 80 km/h.

Entre ciel et terre, les lumières de la ville se mélangent aux étoiles en une myriade de petits brillants qui scintillent sur la mer. Bientôt ne figure plus sur le scanner qu'une énorme étendue bleu sombre, battue par les vents d'est. Adieu la perle du détroit.

À quatorze kilomètres seulement, les premières côtes espagnoles narguent la ville blanche plongée dans la tiédeur de la nuit.

Arrivés près de la frontière, Keller et ses hommes ont consacré la journée à régler les derniers détails de l'intervention avec leurs collègues douaniers et gendarmes mobiles. Ils se connaissent déjà tous pour avoir travaillé de nombreuses fois ensemble. Et même si le GIGN intervient en première ligne, toutes les autres composantes doivent suivre. Une courte nuit les sépare de l'arrestation, le capitaine en profite pour aller recharger ses batteries. En quelques minutes, il se sent glisser dans un profond sommeil. Il rêve qu'il retrouve son ami Sylvain, frère d'armes et compagnon de route. Au milieu d'une mer réservée aux meilleurs surfers du monde, ils défient la mort et se paient le « shore-break » du siècle.

Keller ouvre les yeux, fixant la mince cloison qui laisse passer les bruits des chambres voisines. Personne n'a dormi, sauf lui. L'alarme de l'hôtel, déréglée, a sonné tous les quarts d'heure, sans que personne puisse la couper une fois pour toutes. L'hôtel B n'a rien d'un coin de paradis, mais la planque offre tout de même quelques avantages. Les hommes se plaignent du petit déjeuner, mais apprécient l'anonymat. Pas de réception. Pas de clef, ni de registre. Un monde déshumanisé qui leur va très bien. Keller referme l'album de ses souvenirs aussi vite qu'il l'a ouvert et opte pour une douche glacée.

H-quatre heures. Moussa est en route. Dans le poste de douane, certains sont déjà à pied d'œuvre, une tasse de café pour se réveiller. La carte routière constellée de repères.

— Si tu veux mon avis, les meilleurs tireurs de cibles mouvantes sont les chasseurs, explique Abel, qui écoute un gendarme en caserne se plaindre de ne jamais tirer.

Abel discute avec ses collègues de l'Office central, venus en appui en cas de besoin. Le chef Bernard vient de lui envoyer un message pour lui annoncer l'arrivée d'un SWAT[1] à Satory dans quelques semaines. Une séance de tirs dans laquelle toutes les techniques des uns et des autres seront passées au crible. Depuis deux ans, avec la Tronche, il a mis au point, pour à peine deux mille euros, un système de cibles qui se déplacent sur un rail. Le niveau de tir, déjà excellent, est monté encore d'un cran.

— Le tir, c'est un peu le reflet de l'âme,... explique-t-il aux douaniers attentifs. Il n'y a pas cinquante manières de se servir d'un HK ou d'un Glock, ce qui compte c'est la réponse que l'on apporte. Une fois la technique acquise, on peut dire que 95 % du tir dépend du bonhomme... Si t'es un bon, tu prends ton temps. Si t'es un naze, tu précipites tes gars dans une boucherie. Au

1. Special Weapon and Tactics. Unité tactique et groupe d'interventions urbaines de la police américaine, créée en 1969 à Los Angeles, Californie. Elle est spécialisée dans la résolution de situations extrêmes, comme le GIGN.

Groupe, l'arme fait partie de notre bras, on a même coutume de dire que c'est le « prolongement de la vie », et c'est pour ça que nous tirons plus de cent cartouches par jour : pour réagir proportionnellement au danger et éviter dans tous les cas possibles de donner la mort.

Puis conscient de la difficulté que rencontrent ses collègues au quotidien et pour ne pas avoir l'air de fanfaronner, il ajoute :

— Avec tous les malfrats qui se glissent dans le trafic, vous connaissez les risques du métier ?

— Toutes les contributions sont précieuses dans ce genre d'affaire… les coups de main sont les bienvenus ! lance Keller en entrant dans la pièce tout sourires. Je vous informe que la target remonte comme prévu, à la vitesse habituelle : une moyenne de 150 km/h, avec des pointes à 200. Les mecs ne se doutent de rien. Ils passent apparemment leur coup de fil avec la traditionnelle carte prépayée. Tout ça, on a l'habitude… On a obtenu le droit de les cueillir sur nos terres. Une fois n'est pas coutume ! La coopération est franco-espagnole, mais nous avons le privilège de la conduire… Nos voisins jouent le jeu, à charge de revanche !

Pendant que le capitaine briefe ses hommes, Moussa remonte la péninsule en longeant la côte. Fenêtre ouverte, la mer n'est pas loin, il la sent. Mutique depuis deux jours, Jibi n'enchaîne pas. Quelque chose ne passe pas entre eux. Impossible de savoir ce qu'il a dans le crâne. Une canette à la main, Moussa est presque plus détendu que son coéquipier.

— Guarana et Ginko ! On prend que des trucs naturels en fait. Du kif, des plantes et des caïpirinhas ! Et aussi : la baise à volonté ! C'est la belle vie ! T'en fais un boulot en or, toi !

— T'excite pas mon gars, l'essentiel, c'est d'arriver à bon port…

— T'inquiète, on a les caisses les plus rapides du marché… Les bleus, ils rament en diesel, on les scotche dès les premiers cent mètres…

Moussa déchiffre la composition de sa boisson tout en conduisant : « Caféine…, taurine…, maltodextrine… »

Jibi lui arrache la canette des mains.

— Tu te concentres ! On n'est pas en bas de ta tour à slamer des conneries ! Compris ?

Moussa sent la tension monter d'un cran, puis décide de se raisonner. 230 km/h, le compteur s'affole.

— Monte pas dans les tours… Pas besoin d'aller aussi vite et se faire repérer… Il sera toujours temps d'appuyer sur le champignon si les bleus nous collent au train, tonne-t-il.

Le jeune homme voyait en JiBi un mentor, un gars qui allait lui apprendre le métier, toutes les ficelles. Trop vieux ? En bout de course ? Usé par des années de services ? JiBi refuse de prendre le petit nouveau sous son aile et de lui transmettre quoi que ce soit. « Un petit branleur qui mérite pas qu'on lui mette le pied à l'étrier ! Il va aller au charbon tout seul ce petit enculé. »

De son côté, Moussa rumine :

« Il me le paiera. Il se prend pour meilleur que moi ? Mon cul. Il a de la chance qu'on ne soit pas de la même génération… Je suis le meilleur pilote de l'écurie d'Eddy ! C'est pour ça que je baise les meufs et que lui reste à s'astiquer… »

« RAS les gars », reçoivent les deux hommes de la voiture ouvreuse qui les devance d'une dizaine de minutes. Calé sur la file de gauche et le regard assombri, Moussa fixe les bandes blanches de l'autoroute, loin de se douter du comité d'accueil qu'on lui réserve. Tom et ses tireurs G3 sont positionnés à deux mille mètres au-dessus de lui, dans un Puma RECO, et renseignent l'équipe au sol dirigée par Abel. Keller ne perd pas de vue la complexité de l'opération : neutraliser au même moment un réseau constitué de quatre têtes… Deux à la frontière et deux autres dans la banlieue parisienne.

Dans la voiture, Moussa rompt le silence…

— Tu sens ? Ça sent le kif !

— C'est parce que t'en as trop fumé… T'en as encore plein les narines ! raille Jibi.

L'ambiance se détend. Ils optent pour une trêve tactique…

— Tant qu'il n'a pas de pétrole, le roi doit patienter avant de visser sa couronne sur son crâne… C'est un vieux slammer qui te le dit ! Tu apprendras que dans nos métiers, si tu veux durer, il y a un temps pour le boulot et un autre pour la défonce ! Le *go-fast*, c'est dépassé… si ça tenait qu'à moi, je serais plutôt partisan du *cool-fast*… ça n'empêche pas de mettre des coups d'accélérateur si un enculé se met en travers de notre route ! D'ici moins de cinq ans, c'est une autre poursuite qui nous attend ! Cette fois-ci, on sera dans les airs… Mais moi, d'ici là, j'aurai décroché de tout ça…

Moussa, les yeux rivés sur ses rétroviseurs, attend les consignes de l'ouvreuse. La circulation se densifie, beaucoup de camions rejoignent la frontière. Des questions commencent à germer dans son esprit :

— Et si ça ne se passait pas tout à fait comme prévu...

Keller avait raison, la vigilance baisse à mesure que les kilomètres défilent. La confiance du début laisse place à un sentiment d'anxiété. Au volant, le plus fragile des deux feint l'arrogance, mais ne se sent plus tout à fait à la hauteur. Il repense aux séances de conduite sportive pour se rassurer, mais trop tard, le doute s'est installé. Dans la nuit, une déviation a été posée, les obligeant à parcourir quelques kilomètres de départementale pour passer la frontière.

— Qu'est-ce qu'on fait ? demande Moussa. On continue ?

JiBi, surpris par la question, préfère se moquer :

— Tu coinces sur les virages ? Tu veux que je prenne le volant ? C'est pas vraiment le moment de flancher, petit !

Moussa est furieux.

JiBi sent qu'il a touché au bon endroit. En amont, l'ouvreuse a foulé le territoire français et passe le premier péage. Deux douaniers distraits immobilisent un convoi de marchandises sur la file voisine. Un troisième fait signe d'avancer et de ne pas s'éterniser. Huit cents mètres plus loin, une pompe à essence. Ils font halte comme prévu.

— Moins une et on tombait en rade ! On a pris des risques cette fois-ci... Passé l'Espagne on a moins à craindre. Crois-moi, on risque plus rien, ici... T'as vu la gueule des douaniers ? Ils avaient une demi-douzaine de remorques à fouiller. Ils ont dû avoir une info précise sur une livraison en camion..., lâche le conducteur.

L'homme balaie du regard l'aire de repos. Personne à la pompe, il en choisit une au hasard et fait le plein :

— Zone claire. Vous pouvez venir vous hydrater, indique-t-il à Moussa, en reprenant pour sa part la bretelle d'autoroute.

— On les laisse filer…, précise le capitaine. Les « GD » se chargent de les récupérer.

Keller passe les ordres :

— Équipe Alpha, prête ?

— Affirmatif, répond Abel, ses yeux rivés sur la voiture de Moussa en approche.

— Equipe Bêta, prête ?

— OK, annonce Tom, entouré des tireurs assis sur la plateforme du PUMA en statique à un kilomètre de là.

— Équipe Gamma, prête ?

Positionnés le long du mur de la propriété de Feracci, Alex et la troisième équipe attendent le feu vert pour faire irruption dans la maison du parrain, barbotant dans sa piscine, le portable à portée de main.

— Équipe Epsilon ?

— On est prêts, capitaine, lui chuchote Jussot, posté à quelques mètres du local dans lequel Eddy prépare, comme un premier jour de soldes, l'arrivée de la cargaison pour l'écouler au plus vite…

Le « top action » est lâché dans toutes les radios. Les quatre roues de la voiture de tête roulent sur une herse disposée en travers de la route. En quelques secondes, deux camions prennent le 4 × 4 en sandwich et six cagoules emmenées par Abel en sortent, armes de guerre à la main. Sans réaction, les deux éclaireurs n'ont ni le temps de prévenir la voiture de derrière, ni de prendre la fuite.

Plus que quelques mètres avant de passer la barrière automatique bloquée en position haute. Moussa ralentit, prêt à donner un coup d'accélérateur en cas de contrôle inopiné. Le ventre noué, il tente de faire le vide et de ne plus réfléchir. De la sueur froide coule sur ses tempes. Il se met à sentir fort. L'odeur de la peur envahit l'habitacle. Il en a honte. Il ne peut s'empêcher de regarder son copilote au moment de franchir la barrière automatique... Devant lui, l'horizon est dégagé. Des 38 tonnes passent le péage au même moment.

— Pas besoin d'accélérer... Vas-y cool..., recommande JiBi.

Personne devant, ni derrière.

Mais tout à coup, un bruit d'enfer !

Moussa et son ami n'ont pas besoin de lever la tête pour comprendre... Au lieu d'accélérer, Moussa pile net. Les trois équipes déclenchent simultanément les interpellations. Eddy, Feracci et les mules.

— Passer par où ? Bordel de merde !

Au-dessus des deux trafiquants, un hélicoptère. Sur les côtés deux camions qui ne leur laissent aucune latitude. Devant, une herse dressée en travers de la route.

— Recule ! hurle Jibi.

En quelques secondes, la Mercedes fait un tête-à-queue et se retrouve à contresens.

— On n'a pas plus de cinq cents mètres à faire pour récupérer la dernière sortie ! On va les niquer ! lance Moussa.

Le compteur s'affole. En moins de cinq secondes, il est passé de zéro à 90 km/h, tandis que deux camions s'engagent pour leur couper la route.

Plus de képi mais des hommes en noir, cagoules enfoncées. Tandis que Tom et ses snipers sont venus se poster en statique juste au-dessus de la voiture. Moussa braque in extremis, et vient s'encastrer dans un rideau de fer qui se referme devant lui. Les deux hommes sont arrachés de leur siège et plaqués violemment au sol.

Keller s'avance. Il veut croiser le regard désarmé de Moussa. Il voudrait qu'il ne se trompe pas de cible et que sa mésaventure agisse comme un électrochoc salutaire. Mais la pédagogie ne fait pas partie de ses prérogatives…

— Ils n'avaient même pas prévu une solution de repli pour vous récupérer en cas de pépins… C'est dire la considération que vos patrons vous portent ! Des mules et rien d'autre, taillables et corvéables à merci.

Ils ne sont pas les seuls à goûter l'asphalte. Les membres de la section de recherche de Versailles n'ont laissé aucune chance à Eddy de sortir de son annexe transformée en self-service le temps d'un arrivage.

Même sort pour le couple Feracci. En pleine sieste autour de la piscine, ils ont vu une vingtaine de membres du Groupe investir le jardin et sans un mot, ni un cri, fondre sur eux.

L'opération Cachaça se déroule comme prévu, aucune goutte de sang n'a été versée par les différentes équipes. Les hommes du « Levant » ont attendu le feu vert du capitaine Keller pour investir le bar de la plage. Magdalena s'est volatilisée, goûtant pendant quelques heures encore une liberté de courte durée.

Sur l'autoroute, Keller et ses amis filent, impatients. En quelques heures, ils vont passer d'une chasse à l'autre, espérant rattraper au creux de la vague les quelques sirènes qui peuplent les plages des Landes, l'espace d'un été.

Dans ses rêves, Moussa vit encore à deux cents à l'heure. Une amphétamine miraculeusement oubliée dans la poche de son jean… Juste le temps d'un speed.

Une centrale sous haute tension

Régis Ronin, trente ans, sort tout juste la tête de l'eau. Il y a six mois, son état psychologique était tel qu'il hésitait entre se tirer une balle ou passer sous un tramway. Il est en sevrage thérapeutique. C'est dur, il rechute encore de temps en temps. Avant qu'Internet et les jeux en réseau ne le plongent dans le monde des « No life [1] », Régis était un garçon normal, avec ses forces et ses failles. « WoW [2] » est entré dans sa vie pour ne plus en sortir, lui volant son temps et son identité. Brillant ingénieur, promis à une carrière professionnelle ascendante, il s'est enfermé dans un monde virtuel qu'il ne maîtrise plus. Le monde merveilleux des druides et des elfes s'est transformé en une descente aux enfers. Bien que consciencieux dans son travail, il a commencé

1. Un « Sans vie ». Le terme désigne entre autres les joueurs qui ont renoncé à toute forme de vie sociale, professionnelle et même affective, pour se consacrer à leur jeu.

2. World of Warcraft : jeu vidéo en ligne qui se déroule dans un univers médiéval fantastique. En janvier 2008, ce jeu rassemblait plus de dix millions de joueurs sur la Toile. La quête est au cœur de l'enjeu, tuer des monstres et récupérer des objets constituent les épreuves qui permettent d'accéder aux récompenses virtuelles : réputation, pouvoir et argent.

à négliger de petits détails. Perdu ailleurs, dès qu'il n'était pas en train de jouer. Sa boîte de maintenance en hydraulique compte sur lui pour la révision annuelle de la centrale nucléaire. Mais ce pourrait être la dernière année qu'on lui accorde cette responsabilité. De ce marché dépend la survie de l'entreprise.

Lorsqu'il a accepté de consulter son médecin de famille qui le suit depuis son plus jeune âge, l'homme a diagnostiqué une dépendance très avancée.

— Comme toute tentative de décrochage, on va s'arrêter progressivement… Une rupture trop brutale pourrait provoquer chez toi des phases d'agressivité.

En gros, il a pour consigne de retrouver le goût des choses simples et de s'ouvrir aux autres. Ça tombe bien, sa prochaine mission à la centrale va l'obliger à assurer de grosses journées, en arrivant aux aurores et en se couchant après tous les autres. Autant de temps qu'il ne passera pas devant un écran…

— Dis-toi que c'est ta dernière chance et que tu vas passer à côté du reste de ta vie, si tu ne prends pas le taureau par les cornes. Et puis… j'ai cru comprendre que tu avais rencontré quelqu'un qui pourrait te faire passer à autre chose ? Quelque part, ce combat, tu ne le livres plus tout seul ? se risque le thérapeute.

Léa. Un coup de foudre. Lorsqu'il l'a rencontrée, il était sur le point de tout abandonner. Il n'a pas osé l'aborder tout de suite. Un ou deux « bonjour » et « merci », une poignée de main et deux sourires, pour marquer son rapprochement avec ceux que tous les habitants du quartier appellent indifféremment les « alter » ou les « contestataires ». Ils sont jeunes, absolus et fougueux : instinctivement, Régis est allé vers eux.

À sa manière, il retrouve dans leur combat une forme d'utopie qui lui rappelle celle de ses jeux.

C'était le 23 décembre, autour d'un verre, il y a moins d'un an. Il s'en souvient comme si c'était hier. À 23 h 23, il a saisi furtivement son reflet dans une glace, ému, rouge tomate. Pas beau, avec sa peau qui transpirait trop. L'amour ! Avec un grand A ! Lui, qui depuis tout petit n'autorise personne à l'aimer. Sa mère, un peu, mais seulement quand lui le décide.

— Elle me colle quand elle en a besoin et elle n'est jamais là quand c'est moi qui ai besoin d'elle..., ressasse-t-il, les mauvais soirs, quand seul le jeu lui tient compagnie.

Il y a Ninette, sa chatte persane qu'il nourrit trop. Fidèle parmi les fidèles. Mais depuis quelque temps, il songe à la tuer. Quelques coups de savate dans le ventre, l'alerte sur ses pulsions agressives évoquées par son médecin.

Cette mission tombe vraiment à point. Il n'aura pas une minute pour se consacrer à WoW. En attendant, il se demande comment évacuer son stress ? Comment ne pas craquer ? Tous les soirs, il descend écouter les débats qui se tiennent dans le squat. Mais plus les jours passent, plus l'angoisse revient.

Un matin au volant de sa voiture, la gorge serrée, il se répète en boucle :

— C'est au-dessus de mes forces... Dans la vraie vie, qui m'aime ?

Régis se rassure, c'est une petite rechute. Ce soir, il retrouve ses amis à la permanence, le « QG » de l'organisation. Les jeunes gens du mouvement y forment des courants alternatifs, tantôt à dominante écologistesprogressistes, tantôt franchement nostalgiques des années de plomb et des Brigades rouges. Léa évolue dans cette nébuleuse avec ferveur et détermination : en secret, l'ingénieur rêve de mener des actions avec elle. À la tête du mouvement, Tristan, à peine plus âgé que les autres, canalise les énergies et planifie des actions : entre coups de gueule et périodes de silence. Mi-adulte, mi-adolescent, il séduit tout le monde par son aisance à parler en public, sa vivacité d'esprit et sa culture politique très étendue. Régis aimerait avoir son élégance et son énergie, qui le font passer de l'idée à l'action sans scrupule ni appréhension.

Tristan travaille dur. Il passe ses nuits à éplucher des sites Internet dont lui seul possède les codes d'accès. Un réseau réservé à une poignée de partisans de la lutte armée : explosifs, cibles à abattre, piratages informatiques, attaques de réseaux, listes noires du grand capitalisme, sans oublier divers trombinoscopes et organigrammes à afficher dans les foyers et squats. Tristan a vite dépassé le stade du beau parleur qui se contente d'éclairer les crédules, il veut s'attaquer aux États, les déstabiliser voire les renverser. Petit à petit, sa carrure de chef s'impose. Manipulateur dans l'âme et séducteur-né, il connaît ses atouts et cultive le mystère sur ses origines et ses appuis. Son organisation prend du galon, on commence à parler de lui sur les forums. Un bon coup médiatique pourrait lui permettre de se placer parmi les leaders qui comptent.

— Un mercenaire de l'altermondialisme, un nomade de la lutte armée ! Se sédentariser, c'est s'embourgeoiser. Développer même durablement, c'est abdiquer, alors que détruire c'est exister.

Le surnom de « Mercenaire » a séduit tous les esprits. Une forme de néoromantisme qui plaît à une certaine frange de contestataires dynamiques plus qu'utopiques. Ils en ont fait du chemin depuis les premières sorties improvisées, lorsqu'ils allaient s'enchaîner aux grilles du palais de justice pour réclamer la libération d'un faucheur anti-OGM, « bomber » des encarts publicitaires ou encore coller des *flyers* [1] invitant au soulèvement de tous « ceux qui ont la rage au cœur ».

Le Mercenaire les a radicalisés en douceur, jouant sur une fibre contestataire qui ne demandait qu'à se radicaliser. De simples actes de désobéissance civile, il est passé à des actions plus concrètes, comme cette belle opération de déstabilisation en 2004, durant laquelle ils avaient menacé de faire sauter le réseau ferroviaire pendant plusieurs semaines. Une démarche « machiavélique », comme il l'avait lui-même qualifiée dans ses courriers, en s'inspirant de ce que d'autres disaient de Machiavel :

« En feignant de donner des leçons aux rois, il en a donné de grandes aux peuples ! »

Léa est du même calibre que son chef et s'est laissé séduire : il y a quelques mois, elle a claqué la porte de chez elle en balançant à sa mère :

— Si je sais faire un gâteau, je sais faire une bombe !

Régis, qui n'a jamais dit « merde » à la sienne, se sent tout petit et terne. Une jeune femme comme elle lui redonnerait confiance. Pourtant, si elle savait… Dans son jeu, il est une « légende vivante » ! Il sait qu'en passant quelques heures avec son personnage « Tauren

1. *Flyers* : tracts ou prospectus.

Chaman[1] », il se regonflerait à bloc, endosserait le beau rôle et lui ferait vivre de folles aventures.

Jusque-là discret sur son activité, il commence timidement à en parler. Il se dit que son métier d'ingénieur peut lui donner une place dans l'organisation…

Bonne pioche : on ne le juge pas. On fait mieux, on s'intéresse à lui !

— L'eau c'est la vie ! Tu as le pouvoir de défendre tes idées mieux que personne. Tu as un vrai rôle à jouer !

Il n'avait jamais vu les choses sous cet angle… Léa lui fait passer sous le manteau un document attestant de la confiance qu'on lui accorde : *Le Manuel du sabotage*, édité par la CIA, sans date et remis à la sauce « alter » : « Pour tous ceux qui refusent la domination policière de l'État et le totalitarisme », stipule l'auteur du fascicule.

Régis se sent pousser des ailes, qui n'ont désormais plus rien de virtuel : rallier la guérilla qui se dresse contre le capitalisme et mener un combat utile contre les exploiteurs.

— Si ça peut au moins me faire sortir de ma solitude et de mon isolement, je n'aurai pas perdu mon temps…

Pendant plusieurs semaines, appliquant à la lettre les techniques de sabotage à échelle individuelle, il fait prendre du retard ses équipes, renverse son café sur le matériel informatique de la boîte, perce les radiateurs des véhicules de dépannage. Une veille de week-end, il met hors service les lignes téléphoniques et crée une mini-émeute parmi les riverains de sa commune. Pour la première fois, il se sent influer sur les événements. Il ne

1. Un personnage hybride, à la fois chaman et minotaure.

se l'avoue pas encore, mais l'idée de se sentir traqué l'excite. Un projet germe peu à peu dans son esprit. Un moyen de trouver toute sa place dans le mouvement. Une fois par an, il a accès à toutes les zones du site…

Un soir, il décide de tout déballer à Léa. Elle le regarde avec ses grands yeux bleus… et lui sort le grand jeu.

— Quelle chance ! Toi tu peux juger sur pièces…, lui dit Léa. Les autres, ils ont beau critiquer, ils ne sont jamais allés là-bas… Même Tristan, avec ses grands discours, qu'est-ce qu'il peut faire de mieux que toi !

Régis jubile, lui qui n'était rien devient quelqu'un… Peut-être l'occasion ne se présentera-t-elle pas une seconde fois d'enterrer définitivement son avatar et de vivre enfin ! Il est temps pour lui de passer à autre chose. Reste à convaincre Tristan, ce Bill Gates du mouvement alter, de lui faire confiance et de lui donner un rôle dans la lutte.

Le soir même, le sourire de Léa a balayé des années d'autodépréciation chez Régis. Régis commet l'impensable et efface en un clic son personnage du jeu. En un « post », il annonce sur le forum de WoW qu'il quitte la communauté. Le Minotaure se désintègre sous ses yeux.

En apprenant le parcours de cet obscur ingénieur transi d'amour pour une de ses pasionarias, le Mercenaire mesure très vite l'énorme coup politico-médiatique. Il lui propose de monter l'opération conjointement.

— Comme deux frères d'armes ! sourit Tristan.

— Tu peux compter sur moi et sur mes compétences, lui affirme Régis, galvanisé.

— En deux mois, on peut imaginer une action dans laquelle tu n'apparaîtras pas, sauf si tu désires faire le grand saut… Quoi que tu décides, continue tes actions de tous les jours, chaque maillon de la résistance compte. Et n'oublie pas, camarade : c'est en remportant des petites victoires qu'on gagne la guerre.

— Tu aimes jouer, il paraît ? lui lance-t-il un jour, non sans malice…

Régis secoue la tête sans trop savoir quoi répondre.

— Ça te dirait de participer à un jeu de piste grandeur nature ? Ou plutôt de le concevoir avec moi, de A à Z… Je me suis laissé dire que ta réputation sur le « WoW » n'était plus à faire ? À nous deux, on peut imaginer quelque chose de grand et d'ambitieux. Au-delà du virtuel ! Quelque chose qui peut faire trembler le ban et l'arrière-ban de nos chers politiques.

Régis plonge ! Ses années de jeu en ligne trouvent maintenant une justification. Tristan lui laisse tout de suite entrevoir une nouvelle famille et une vraie mission.

— Le jour où tu donneras ta démission, sois sûr que tu auras une place centrale à mes côtés. En attendant je compte sur toi pour nous pondre un scénario à faire trembler tous les nucléocrates qui nous gouvernent…

Puis, une fois parti, il ajoute :

— Alessandro moisit dans sa cellule… Priver l'Italie de son extradition et mourir en homme libre, il attend ça depuis trop longtemps ! Régis est le chaînon manquant de cette lutte armée qui s'amorce !

— C'est nous, les « Esclaves *déchaînés* », qui allons lui offrir cette belle revanche ! ajoute-t-elle avec fierté.

J-10. Pour sa dernière maintenance, Régis a enfin trouvé le cheval de Troie. Cette année, il va piloter les opérations de dépose des calorifuges en zone contrôlée. Un matériel d'isolation qui se fixe sur tout le réseau hydraulique. Des centaines de mètres à dérouler dans le bâtiment du réacteur pour permettre l'inspection minutieuse et la radiographie des tuyaux, autant de zones susceptibles de dissimuler des explosifs… des tonnes de matériels livrés et réinstallés par une équipe de calorifugeurs qu'il dirige…

Régis est gonflé à bloc. Son regard a changé. Il est plus franc, moins par en dessous. Il a beaucoup maigri, prend soin de lui et gonfle son ego.

— Il en deviendrait presque arrogant, note le chef.

Chaque jour un peu plus volontaire, il laisse s'exprimer cette part d'agressivité qu'il réservait à son jeu. Paradoxalement, Tristan le sent moins impliqué dans les débats idéologiques qui motivent les actions du groupe que dans le rôle qu'il est amené à jouer. Peu à peu sa haine se cristallise autour de ses collègues et de ses employeurs. Plus qu'esclave, il se sent victime.

— Tiens le coup encore quelques semaines ! Ne laisse rien transparaître. Ta vengeance n'en sera que plus efficace, tempère le chef.

— Je viens de recevoir mon plan de travail… J'ai trouvé la faille…

Tristan écoute les propositions de l'ingénieur, il n'en revient pas…

— Il fallait y penser… Le *nec plus ultra* du sabotage !

Sur le pas de tir de Montdésir, un homme, la cinquantaine bien conservée, s'agite devant les gendarmes concentrés. Le cheveu frisé blond et la barbe de deux jours coquettement taillée, il observe derrière ses lunettes de protection, les tireurs français en pleine action. La mâchoire carrée et le ton volontaire, il accompagne ses ordres d'un fort accent américain en roulant les « r » :

— Vous ! en lign-eu ! attotionnn ! Rrrrespirez ?... *Heat it* !

Douze Glocks sortent de leur holster au même moment et ouvrent le feu.

— Sacrebleu ! hurle Stew Scott, impressionné par la précision et l'homogénéité des tireurs.

La légende des SWAT[1] de Los Angeles est venue comparer les techniques du GIGN à celles de la police d'élite d'outre-Atlantique ! Une petite revanche pour les hommes de Keller, qui à l'issue du dernier challenge inter-armes, étaient arrivés deuxièmes d'un exercice de simulation. Ils avaient été devancés par des Américains plus soucieux de tirer dans le tas que d'éviter les dommages collatéraux... Tout le groupe 4 s'est libéré pour honorer la visite du policier.

Tom cherche dans le ciel une accalmie. La journée sera froide et maussade. À ses côtés, Abel. L'un droitier, l'autre gaucher. Ce que l'un ne peut atteindre, l'autre se charge d'y parvenir...

— C'est surprenant cette coordination dans les mouvements ! note l'Américain.

— Une parfaite gémellité. Plus c'est ténu, plus ils fusionnent, au tir de précision, ils sont les meilleurs. C'est un vrai plus dans notre Groupe ! ajoute Keller.

Au programme, des heures de tir, en statique dans la neige, genou à terre, en mouvement... De temps à autre un petit avion de tourisme virevolte à quelques centai-

1. Unité d'élite de la police américaine, créée peu après les émeutes de 1965 en Californie.

nes de mètres au-dessus des hommes, sans qu'aucun ne s'en étonne. Les balles claquent, traversent les cibles en carton et viennent s'échouer dans des dunes de sable blanc qui isolent de tout bruit les stands de tir disposés en arc de cercle. Une vraie mine de métal pour un trafiquant de ferraille bien renseigné !

— On est tranquille ici, vous ne trouvez pas ?

— Je ne suis pas déçu du voyage ! Ils sont PHÉNOMANAL ! PHÉNOMANAL ! répète l'Américain à tout va.

Le capitaine exprime sa fierté d'un large sourire en évitant de corriger le français de son confrère…

— Ils sont un peu fatigués… Nous sommes à flux tendu depuis que le GIGN se restructure. Succès oblige ! En deux ans, nous triplons nos effectifs… avec l'obligation d'être au top ! Et puis la concurrence est rude, même si officiellement toutes les unités ont leur utilité…

— La guerre des polices ! On connaît ça nous aussi… C'est une compétition stimulante, tout le monde y gagne…

— On nous demande d'être efficaces et discrets, et nous, ça nous va bien !

— Je vois, je vois… « *Smooth like water…* [1] »

Stew emboîte le pas aux hommes en noir, gilet et casque pare-balles sur la tête. Il va suivre un nouvel exercice à balle réelle concocté par Keller. La colonne s'engage dans l'escalier, descend sur quelques mètres, puis stoppe net. Le « bouclier » incline sa plaque de Kevlar pour protéger les genoux de ses camarades. Bon réflexe, il leur a évité de se faire cueillir par un sniper en embuscade. L'Américain semble apprécier la technique

1. « Respirez comme l'eau qui dort. »

d'approche tout en finesse et suit l'exercice dans ses moindres détails.

— Palier clair ! chuchote Alex, en première ligne.

Discrètement, il fait signe à Tom de se placer en appui, à dix marches en dessous, sur la cloison opposée. Celui-ci pivote et ouvre l'angle. Trente mètres les séparent des otages à libérer, chacun se prépare à rentrer et à couvrir son prédécesseur. Des cris résonnent dans le couloir, enregistrés pour faire plus vrai. Ils écoutent. Combien sont-ils ? Les hommes ignorent où ils sont dans la pièce et surtout où se trouvent les ravisseurs. Halte. Reprise. Une touche sur l'épaule et l'élément de tête est renseigné sur ce qui se passe derrière. Pour Alex, la meilleure place est juste derrière le bouclier qui se charge de porter les vingt kilos de Kevlar. Il choisit une tactique, selon le « pedigree » des assaillants.

— Colle-toi bien au mur et fais gaffe à tes jambes. Ils peuvent nous dégommer en un rien de temps en nous shootant dans les pattes.

Un mètre les sépare encore du pas de la porte.

— Chez nous, leur a précisé le Major Scott, le policier qui a le malheur de se tromper de cible est éliminé d'office ! Alors bonne chance, les gars, et ouvrez l'œil !

Alex se connaît bien et sait faire le vide en quelques secondes. Il n'oublie pas que son père est mort en exercice. Son pouls comme celui de ses coéquipiers monte à cent quarante pulsations minute : le contraire serait suspect.

— On rentre pas trop vite… On ne précipite pas tout le monde dans la gueule du loup. Aucun ne doit décrocher de la colonne, conseille-t-il aux plus jeunes.

Au « top », la tension monte encore d'un cran. Rouge, la pastille à viser, verte, celle à épargner. Elles ne font pas plus d'une tête de punaise. Les tireurs disposent d'un coup d'œil, interdiction formelle de se tromper. Un, puis deux, puis trois. Le déploiement est simultané. Une seule détonation. Tom, Abel et Alex appuient au même moment sur la queue de détente. Seules les cibles représentant des terroristes ont maintenant un trou entre les deux yeux. Les otages sont intacts. Pas de perte.

— Sacrebleu ! *Very good, guys*[1] !

D'un petit rire complice, le SWAT salue la prouesse des « *French heroes* »...

Un bip d'alerte s'échappe de la poche du capitaine. En quelques minutes, pièges à tirs, cibles, munitions, tout le matériel est rangé dans la camionnette. Les hommes partent illico sur une grosse affaire. Direction Toulouse, la centrale nucléaire est en alerte générale. En haut lieu le plan PIRATOM[2] vient d'être déclenché.

Depuis un mois, Régis et ses collègues travaillent d'arrache-pied pour boucler en un temps record la révision annuelle des systèmes hydrauliques et électriques. Sans jamais voir la lumière, ils scrutent le moindre signe d'érosion, examinent tous les tuyaux. Chaque zone est passée au peigne fin, l'ingénieur inspecte les points

---

1. Excellent, les gars !

2. Les différentes missions antiterroristes du GIGN se répartissent en cinq catégories : PIRATMER, détournement ou attaque de navire, PIRATOM, attaque nucléaire, PIRATEX, prises d'otages de ressortissants français à l'étranger, PIRATAIR, détournement d'avion, PIRATOX, attaque chimique ou biologique. Sans oublier les POM, Prises d'otages massives, qui expliquent à elles seules le renforcement du GIGN en effectifs et en matériels depuis le printemps 2007.

névralgiques puis fait reposer ou remplacer les calorifuges qui entourent les tuyaux, indispensables au refroidissement du cœur de la centrale. Parmi des tonnes de matelas isolants en laine de verre fournis par sa propre entreprise de maintenance, il a dissimulé dans un capot en aluminium un gros volume d'explosif…

Il est 21 heures. Au pied des grillages qui protègent le site, une colonie de rongeurs creuse de nouvelles galeries. Les pièges ne servent à rien et les bêtes récidivent toutes les nuits… Un réseau peu profond, mais qui oblige le personnel d'entretien à reboucher tous les matins les trous le long de l'enceinte. Faute de quoi, des bêtes plus grosses pourraient entrer… Mais ce soir, le danger ne va pas venir de là…

H-12. Régis a officiellement quitté son poste. Il fait un crochet par le vestiaire pour récupérer son sac dans lequel il a placé deux détonateurs à fixer sur les charges. Au lieu d'emprunter la sortie principale, il retourne dans le secteur sensible. Depuis peu, les téléphones portables passent. Des antennes filaires permettent aux ondes de traverser plusieurs mètres de béton. Une faille qui inquiète le chef de la sécurité de la centrale, Olivier Miso, mais qui rassure le personnel qui dispose désormais d'un système de communication et d'alerte rapide et efficace. Personne dans les parages. Régis sort son téléphone DECT[1] dont il va se servir comme système d'allumage. Il le dissimule sous un tuyau et connecte un minuscule émetteur à la charge. Grâce aux indications de Tristan il pose le système en quelques minutes et file au pas de course.

1. Digital Enhanced Cordless Telephone : téléphone numérique sans fil amélioré.

Arrivé dans le couloir, son premier réflexe est de ralentir.

— Inutile de courir… Le Mercenaire ne déclenchera le dispositif que lorsque je lui aurai envoyé un texto. Régis se sent pousser des ailes.

Il s'apprête à envoyer le SMS qui va définitivement changer sa vie : « À VOUS ! »

Personne devant, personne derrière… Le doigt sur « OK », la main sur la poignée de la porte de secours… « Message envoyé » : la porte s'ouvre sans qu'il ait eu besoin de la tirer…

Fred, l'agent de sécurité, le cherche :

— Eh ! T'es encore là ? T'as oublié de me rendre le DECT !

L'ingénieur hésite… S'il part en courant, il risque de tout faire capoter, s'il tarde, il se grille.

Le gardien l'observe, le teste, cherche à savoir ce qui cloche.

— Tu fumes, je crois ? T'as pas une clope, pour après mon service…

Régis le regarde interloqué, il n'a pas de cigarette à portée de main…

— Si…, si…, je dois en avoir dans mon…

Pas dans ses poches de jean, pas dans son blouson. Dans son sac, oui dans la poche avant. Il a rangé son paquet après s'être fait taxer par tous ses collègues en sortant de la cantine. Tout s'embrouille.

« J'ai plus le téléphone… Le texto est parti maintenant, on peut plus faire marche arrière. Tristan prend les commandes du système d'allumage… »

Le gardien revient à la charge :

— T'as rien à faire là ! D'après ma feuille de route, tu devrais avoir quitté cette zone depuis au moins une heure. Tout le périmètre est verrouillé à cette heure-ci !

— Du retard… Tu sais ce que c'est. T'es prestataire, toi aussi ? Condamnés à être des intermittents du nucléaire ! Beaucoup de boulot et peu de monde, pas le même régime que pour les salariés !

— Ça ! Tu l'as dit !

Régis évite son regard. Sa voix est blanche. L'angoisse paralyse ses gestes, même les plus simples.

— Bah ! Te bile pas ! Je fumerai pas ce soir…

Régis ne se fait pas prier et abandonne la recherche.

— Et le bigo ?

Au PAP [1], Olivier Miso a réuni son équipe. Pour lui, quelque chose ne tourne pas rond…

— Pas de réponse aux postes 34-35, c'est pas normal ! Vérifiez si tous les couloirs de détection sont bien activés !

À ce moment une alarme intrusion apparaît au poste central de protection :

— Chef, la porte C n'est pas verrouillée ! confirme son adjoint.

Miso vérifie le roulement des rondes de sécurité de la nuit sur le journal de bord.

— C'est Fred qui est actuellement dans cette zone. Il est où bordel !

Il saisit son talkie.

— Pas de réponse non plus…

Une porte déverrouillée, un agent de surveillance qui ne répond plus : l'agent au PCP ne se contente pas d'envoyer une deuxième ronde et contacte immédiate-

1. Poste d'accès principal où se trouvent les équipes de surveillance.

ment par radio la patrouille de gendarmerie et son centre opérationnel[1].

Quelques minutes plus tard, l'intrusion est confirmée dans la zone sud. L'astreinte de direction vient d'arriver au PC crise et fait activer le PC autorité. Le PSIG[2] de Toulouse et le GIGN sont pré-alertés. Les astreintes et les personnels de surveillance s'activent en tous sens. Une alarme toutes les quinze secondes, puis sur une durée d'une minute retentit dans tout le bâtiment.

— Trop tard !

Régis est planté au milieu du couloir, tétanisé.

— Qu'est-ce que t'as fait !

Il ne sait plus. Dans WoW il aurait foncé dans le tas et éliminé son adversaire. Dans la vraie vie, il vacille. Il n'avait pas prévu de rester coincé aux premières loges et d'endosser toute la responsabilité… S'il se sacrifie, il n'a aucune chance de revoir Léa. Avec qui mènera-t-elle les prochaines opérations coups de poing ? L'idée qu'un autre puisse prendre sa place lui redonne du courage !

Tout près des deux hommes, le poste mural se remet à sonner dans le vide…

D'un geste maladroit, il tente de s'emparer de l'arme dissimulée dans une caisse à outils avec les détonateurs…. L'autre se débat. Dans la mêlée, le coup part. La détonation, assourdissante, se répercute entre les murs. L'homme s'écroule, une mare de sang se répand comme une tache d'huile sur le sol gris de l'entrée. Régis Ronin ne se retourne pas. Il saute dans sa voiture garée à quelques mètres de là et force sans hésiter les barrières

1. Le CORG (Centre opérationnel et de renseignement de la gendarmerie du département).
2. Peloton de surveillance et d'intervention.

de sécurité déjà abaissées. Les grilles se referment, des feux orange clignotent dans tous les coins : Ronin passe tout juste.

— Assassin ! Je suis devenu un assassin !

Dans un Web café du centre de la ville, Léa regarde sa montre. Toujours pas de contrordre, ni de Tristan, ni de Régis. Elle clique sur « Valider ». Une lettre de revendication s'affiche dans le même temps dans les boîtes mails du directeur de la centrale et dans celle d'Olivier Miso, le chef de la sûreté :

« Hier étouffés, aujourd'hui armés, massifs et déterminés ! Nous allons détruire votre Luxe pour imposer le nôtre... La nuit ne fait que commencer... Vous voir vous agiter est une première victoire ! Fini l'arrogance et le mensonge !

Alessandro Aligheri doit quitter la prison de la Santé cette nuit même, avant le lever du jour. Vous n'êtes pas en mesure de lutter.

Sous les centaines de mètres de calorifuge qui recouvrent le réseau hydraulique, une charge piégée dort bien tranquillement. Nous veillons à distance qu'elle se réveille à point nommé.

À 8 heures précises, demain matin nous déclencherons le dispositif. L'anéantissement de votre entreprise de destruction massive est en marche ! Il est encore temps de sauver votre peau et celle des ignorants, qui n'ont pas d'autres choix que de vous faire confiance... Réfléchissez vite et choisissez la voie de la raison !

Les Esclaves déchaînés vaincront ! »

Au GIGN, le spécialiste « Contestations et Violences » livre son expertise au capitaine Keller.

— Les Esclaves en fuite ? Jamais entendu parler… mais on est dans un mode de fonctionnement typique des guérilleros de l'ultra gauche. Aucune fiche, ni même aucune note ne sort sur ces « Esclaves », ni au Groupe, ni aux RG[1]. Sous des sigles différents, ce sont souvent les mêmes qui agissent. Des organisations aussi éphémères que les opérations Coup de poing qu'ils fomentent. Depuis quelques années, leurs actions sont de mieux en mieux organisées et de plus en plus virulentes. Sur les G8, on les retrouve sur des opérations ciblées… Ils veulent avant tout désorganiser et s'attaquent aux fondations pour faire écrouler le système à la base : comme les termites sur un édifice. Certains mouvements prennent beaucoup d'envergure à partir de pas grand-chose… Souvenez-vous d'AZF… Avec des bombes artisanales qui ont fait long feu, ils ont semé la zizanie jusqu'au sommet de l'État ! Ils renouent avec les actions terroristes des années 1970-1980 et la relève est déjà sur le pied de guerre.

Deux hélicoptères attendent les hommes en noir sur la base militaire de Toulouse… Le vol leur a laissé juste le temps de se rafraîchir la mémoire. Le dernier exercice en date remonte à moins de deux ans et l'essentiel de l'équipe y était. À l'approche du site, la tension monte, d'autant que l'équipe départementale sur place est au point mort… L'heure tourne. Au cœur de l'hiver, le soleil franchit l'horizon aux alentours de 5 h 30. La centrale, coulée dans des murs de béton, apparaît dans une nappe de brume, prenant l'apparence d'une gigantesque

1. Renseignements généraux.

tombe. Une faible lumière saupoudre la Drop Zone. Le nuage de vapeur qui s'échappe des cheminées masque les faibles rayons de la lune.

— À tous ! DZ claire ! annonce Abel, descendu le premier avec son frère.

En quelques secondes, l'hélico repart. Une vingtaine d'hommes et un chien s'apprêtent à investir les lieux. Le capitaine vient d'avoir l'expertise de Simon et de Dany, le démineur, qui corroborent l'analyse du directeur de la centrale : le ou les terroristes ont quitté le site nucléaire. Ils ont laissé derrière eux un cadavre, et une bombe piégée ainsi qu' une revendication de taille. Avec les risques engendrés par la dépose de chaque calorifuge, l'investigation de la zone représente plusieurs semaines de recherches. Ne pas redémarrer la centrale comme prévu serait une catastrophe économique, politique et médiatique. Choisir de redémarrer la tranche en prenant le risque d'une rupture du circuit de refroidissement du réacteur serait une folie… L'ultimatum est fixé à H-8.

— À moins d'un coup de bol, il nous faut des semaines pour localiser les explos…, déclare la Tronche.

Keller regarde sa montre…

— Et nous disposons grosso modo de six heures ! résume-t-il… Pas de temps à perdre, tout le monde s'y met !

Puis, s'adressant à Samuel :

— À toi de jouer, Sam ! On compte sur Pif pour faire une première inspection…

— Ça s'annonce difficile…

L'homme, agenouillé à côté de l'animal, lui chuchote quelque chose à l'oreille. Attentif, le chien semble écouter ses consignes… Il ne lui faut que quelques minutes pour s'élancer vers le bâtiment.

Dans le PC, tout le monde se connaît déjà. Olivier Miso et le capitaine refont en quelques minutes l'historique de la soirée. Le responsable de la sûreté réceptionne le préfet et le présente à Keller. Le haut fonctionnaire écoute et attend les consignes qu'il doit recevoir de l'Elysée.

Comme toujours, Keller repousse la discussion avec les officiels, pour se concentrer sur l'intervention pure… La pédagogie viendra plus tard… Miso, sentant les questions se bousculer dans leurs têtes, trouve un motif de diversion :

— J'imagine que vous allez devoir préparer un communiqué de presse ? Je vous apporte du café ? La nuit va être longue…

En compagnie du directeur, ils les attirent dans une salle de réunion à l'écart. Keller lui fait signe discrètement de le rejoindre. Il est sans doute la personne qui connaît le mieux la centrale, il serait dommage de s'en passer.

— Ce que nous avons : un mail. Un cadavre. Une menace. Une revendication. L'identité d'un homme en fuite… Une zone de recherche. Ce que nous ignorons : La localisation des explosifs. Leur nature. Qui sont les « Esclaves en fuite » ? Ce que nous devinons sans trop de marges d'erreurs : Le système d'allumage à distance. La complicité de Ronin dans cette histoire… Toutes ces questions appellent des réponses qui vont nous mener tout droit aux bombes !

Simon précise les priorités à partir du texte qu'il a sous les yeux…

— Je ne vous apprendrai rien si je vous dis que certaines phrases sont des classiques que l'on retrouve chez ceux qu'on appelle les « nouveaux autonomes ». Ils arrosent de publications, de tracts en tous genre autant le Net, que les squats et les « AG » noyautés par des militants plus « historiques ». Dans la région, on en compte un certain nombre, mais pas tant que ça. Il faut envoyer du monde là-bas. Quant à Ronin, les nouveaux calorifuges proviennent de son entreprise et ont été livrés par tonne. Il n'a pas démonté lui-même tous les tuyaux ! Il faut interroger les calorifugeurs pour connaître la zone inspectée ces derniers jours... On ne sait jamais, un de ses collègues a pu remarquer quelque chose. Miso, vous avez les noms de tous ceux qui sont intervenus sur le site depuis le début de l'arrêt de tranche ?

— Tous. Le PSIG cherche déjà du côté de chez Ronin et de son entreprise. On devrait récupérer des éléments dans peu de temps.

— Quant à Aligherri, poursuit Simon, on peut tenter de le faire baver. Il faut voir avec les « antiterro » qui ont le dossier. Mais les chances sont minces. Ce qui intéresse le vieux, c'est la petite armée de soldats qui se chargent de lui trouver un coin de paradis en attendant une hypothétique amnistie dans son pays. La cuisine interne, ça lui passe au-dessus de la tête...

— Sans oublier les chiens qui balaient la zone et Dany et son équipe de dépiégeage..., ajoute Keller à la longue liste des moyens mis en place.

— Si la menace est trop forte, nous serons dans l'obligation de stopper l'activité de la centrale pour éviter un accident avec le réacteur chargé...

Régis a hésité à rentrer chez lui, plutôt que de rejoindre ses amis. Et s'il avait tué un homme pour rien ? Il passe une première fois devant la « Permanence », une petite bicoque abandonnée dans laquelle Léa et Tristan l'attendent, lui leur héros du jour ! Pas une lumière, pas un bruit. De la rue, tout semble désert. Les volets sont clos et l'entrée se fait par-derrière. Il ouvre un portail en bois, dont la serrure a été arrachée, puis suit un étroit corridor qui débouche sur un potager en friche. Il gratte aux carreaux, la porte s'ouvre.

— J'ai reçu ton texto juste à temps ! T'as un peu tardé, non ?

L'ingénieur hésite... Leur dire tout de suite ? L'essentiel a été fait et le mort ne compromet pas l'opération. Il a soif, veut se laver les mains... Il sent le sang et la poudre, mais les autres n'ont rien remarqué. L'obscurité de la pièce dissimule son teint blafard et ses cernes.

— Tu rêves ! Tout est coupé ici..., lui répond Léa, d'un ton sec.

— Sauf ça ! Et on les tient par les couilles ! s'exclame Tristan, brandissant son portable comme un trophée. Je suis rentré dans leur réseau filaire et je peux tout commander...

— Une fois de plus, tes efforts vont nous mener à la victoire ! dit-elle remplie d'admiration pour son chef.

Régis est désorienté.

— Tout ça pour ça !

Il attendait un signe de reconnaissance, un petit remerciement. Mais aux yeux des autres, il n'existe plus. Il tente d'attirer une nouvelle fois l'attention sur son action...

— J'avais raison pour la faille ! C'est le grand sujet de discorde entre les mecs de la Sécu et la direction du personnel… Le « tout-précaution » contre le « tout-sécuritaire »…

Tristan jette un œil à sa montre, sans même relever ce qu'il vient de dire :

— Il est minuit, il leur reste moins de huit heures pour faire sortir notre ami Alessandro et nous aurons accompli une mission historique !

« Notre ami…, songe Régis. Je ne le connais même pas cet Aligheri… »

Au PC autorités, chacun cherche une issue. Un peu démunies par la nature de la menace, les sections d'intervention se contentent de renforcer la Force observation recherche, du dépiégeage et des moyens spéciaux. La fouille s'intensifie d'heure en heure : les chiens reniflent, les hommes rampent avec précaution sous des centaines de mètres de canalisations.

— On ferme des portes, pour en ouvrir d'autres… Un vrai labyrinthe ! constate Boris.

— On va y arriver ! On va les niquer…, affirme Yann, empêtré dans une installation.

Les différents groupes d'intervention démontent un à un les calorifuges et ouvrent les armoires électriques.

De son côté, la Tronche, lui aussi, ouvre et ferme des portes…

— Tant qu'on aura un peu de temps devant nous, le mieux est de ne pas répondre à cette bande de dégénérés, propose Will. Ne pas les prendre au sérieux peut attiser leur susceptibilité. Ils vont revenir vers nous, ils vont craquer. En attendant, on progresse sur tous les fronts…

Keller partage le point de vue de son ami, fin psychologue.

Pour Simon, Ronin a tout à fait pu opérer sur le site sans complicité. Il a eu le temps de placer sa charge… Il allait quitter les lieux et s'est fait alpaguer par l'agent de sécurité…

— Alpaguer pourquoi ? réfléchit-il.

Puis à l'adresse de Miso :

— Pourquoi l'agent est allé chercher l'ingénieur ?

— Le personnel doit rendre son DECT à chaque sortie du site.

En quelques secondes, tout s'éclaire !

— Le vibreur ! percute la Tronche, ils sont passés par le filaire ! Ils se servent du téléphone comme système d'allumage ! On va rentrer sur le réseau et transmettre des informations fausses au détonateur !

Keller reprend espoir :

— Nos chiens sont capables de renifler six cents mètres carrés de terrain en une journée et de valider la zone. Même du SEMTEX[1], dissimulé dans de la laine de verre ne lui passera pas sous le nez. Avec un peu de chance…

— Avec vingt-huit kilos volés dans l'été, c'est sûr, c'est du Pentrite qui circule actuellement sur le marché des « terro », ajoute la Tronche. Je scanne et j'accroche la ligne, donnez-moi juste un peu de temps ! Ah ! J'oubliais ! L'explo peut se déclencher à la moindre vibration d'un téléphone ! Vérifie bien que ceux qui sont dans la zone du réacteur ont coupé téléphones et GPS…

Il est cinq heures du matin. Quasi au même moment, Sam et son chien optent pour le couloir de gauche, alors

---

1. Explosif de la famille des plastics (C4, Plastrite et Formex). Très performant, pratiquement indétectable, car sans odeur.

que Boris et Yann s'apprêtent à s'engager dans celui de droite… les mines sont fatiguées sous la lumière crue des néons. Plus ils se rapprochent de la turbine et de l'alternateur, plus le bruit augmente.

— On va avoir besoin de casques si ça continue…, confie Yann à son binôme.

Quand tout à coup, un aboiement les fait sursauter…

— Mako ! Regarde le chien ! s'exclame Boris.

Pif se couche juste devant de gros tuyaux identiques à des centaines d'autres. Sam se penche tout doucement…

— Le téléphone est juste sous le capot en aluminium…, confirme-t-il en faisant reculer machinalement son chien de quelques mètres.

Dany, l'expert NEDEX, est tout de suite sur les lieux.

— Avant de s'attaquer à l'explo, voyons d'abord le système d'allumage… On va mettre le bordel hors de portée des ondes.

À la permanence des alter la pression monte. L'heure tourne et l'ultimatum se rapproche. Partagé entre l'excitation et l'appréhension de devoir mettre son projet à exécution, Tristan ne cesse de parler et de se justifier. Léa se tait, collée au radiateur. Elle regarde le jeune homme et pense à l'après. Les masques vont tomber, elle le sait. Dehors, les travailleurs de l'aube vont quitter la chaleur du foyer, ils seront les premières victimes de l'explosion… Si toutefois Tristan va jusqu'au bout de son geste…

Dans l'autre coin, côté fenêtre, Régis est assailli par toutes sortes de rêves pixélisés. Dans son monde, l'héroïsme est une affaire d'individu et le chef n'existe que par sa bravoure. Il en a fait la preuve, mais en vrai, il ne compte plus. Léa et Tristan l'ont fait sortir du jeu. Tristan a repris la main. Il le déteste, il se déteste. À nouveau, il se sent inutile, invisible. Il va payer pour ses actes, pour son crime. Une injustice de plus !

Il veut abandonner la partie. Dans sa guilde, on l'aurait porté aux nues !

« Un clic ne suffit plus… », songe-t-il, amer et désemparé.

Seule la petite lumière verte du téléphone éclaire la pièce par intermittence. Toutes les deux minutes, le Mercenaire l'allume, vérifie le décompte. Les minutes s'écoulent, lentement. Il sait qu'il va devoir appuyer sur le bouton.

— Impensable !

L'écran s'éteint. Trop tôt. Il appuie. Une fois. Deux fois. Trois fois. Rien. Le noir absolu.

— Plus de réseau !

Deux gros coups de bélier viennent à bout de la porte d'entrée. Pour les occupants, l'effet de surprise est total et ne leur offre aucune chance de prendre la fuite. Tom suivi d'Abel conduit la colonne qui fait une entrée fracassante dans le local. Aucune chance aux trois occupants de se faire la belle.

Tristan regarde la fenêtre.

« Pas si loin ? »

Léa s'agrippe à lui, il la repousse et saute. À peine la tête sortie, il est happé par deux grosses masses qui le plaquent face contre terre, les mains collées derrière le dos.

Le revolver à la main, Régis hésite. En finir tout de suite et s'effacer de la surface de la Terre comme on s'extrait de la guilde ? Ou tirer sur ce Terminator qui le tient en joug ? Derrière sa cagoule, Tom le fixe. Dans les yeux de l'ingénieur, un mélange de détresse et de confusion.

« Je vais rejoindre la Horde..., ma seconde vie... Je ne peux pas laisser tout ça en plan ! »

— Baisse ton arme ! lui crie le gendarme, baisse-la, bordel !

L'ingénieur peut à tout moment le retourner contre lui. Tom le sait. Il repousse le moment où il va être obligé de le neutraliser. Tout peut basculer.

« La Horde, l'Archi-monde... Je me mets une balle et je ne joue plus. Je quitte cet enfer ! »

« Fin de partie ! » chuchote-t-il en baissant son arme.

Tom s'avance, l'arme toujours pointée sur lui.

Dans un murmure presque inaudible, il l'entend répéter à l'infini :

— Je suis un No life ! Et je dois le rester...

Les nouveaux pirates de Bornéo

Sur la Ménubar, l'air lourd et saturé d'humidité colle aux vêtements. Les corps ruissellent, fatigués par des semaines de mousson. Une odeur de fuel se mêle à celle des poissons abandonnés sur le quai. Les barques de pêcheurs forment un embouteillage sur la rade et, tandis que certains en profitent pour aller à terre s'approvisionner en alcool et en cigarettes, d'autres restent à bord, réparent leur filet ou savourent les dernières heures de la journée sur des hamacs rafistolés. Des petites échoppes se disputent le client et ravitaillent en mauvaise bière les équipages déjà ivres de soleil. Sur le *Phœnix*, une autre ambiance règne. Le soleil entame son déclin, l'inquiétude grandit. Sur le pont, le commandant de bord, Eric Giuliani, envisage un départ dans les prochaines heures…

Deux femmes à la peau blanche échauffent l'esprit des autochtones, frustes et pétris de religion mal ingérée, ils passent leur temps à se raconter des blagues et à tourner autour de cet inaccessible navire rouge et or, qui les nargue par sa seule présence. Depuis une semaine, une panne de moteur l'empêche de poursuivre l'expédition.

Dans ce petit port, le long de la rivière les trafics et autres marchandages sont monnaie courante. Chaque nuit, l'officier de quart[1] veille à ce qu'aucun rôdeur ne monte sur le bateau, tente de voler du matériel, ou plus grave encore, ne s'introduise dans la cabine d'une Occidentale. La tension monte à mesure que le soleil décline. L'expédition n'attend plus qu'un groupe de primatologues, parti constater les ravages des trafics d'orangs-outans et la menace d'extinction de la race au cœur de la forêt, à quatre jours de marche. Les scientifiques ont profité de l'avarie sur le bateau pour repousser leur retour de deux jours.

— Tout le monde est au courant que nous sommes bloqués dans ce port, qu'il y a des femmes à bord et du matériel de tournage… Avec ça, si on ne rencontre pas une bande de crève-la-faim, on aura de la chance !

Dans la cabine de pilotage, le matériel ultramoderne tranche avec l'aspect rustique du voilier. Un sondeur, très utile pour le mouillage et les côtes, un GPS-traceur, pour les aides à la navigation, un téléphone satellite et des émetteurs VHS. Éric Giuliani, la soixantaine, est connu pour sa méticulosité et pour sa grande gueule. Son second, « Archi », plus rond, tente de désamorcer le coup de semonce qui se profile pour les hommes et femmes du CNRS, à mille lieues de se préoccuper des contingences disciplinaires et logistiques d'une telle expédition.

---

1. Surveillance, de jour comme de nuit, de la météo et de l'évolution de la navigation. Une journée est généralement divisée en six « quarts » de quatre heures. C'est une obligation de chaque équipage, édictée par le règlement international pour éviter l'abordage en mer. Seules les « courses professionnelles en solitaire » sont déchargées de cette obligation. Le chef de quart est responsable du bateau pendant sa surveillance ; mais agit sous les ordres du commandant.

— Ils n'en font qu'à leur tête ! Nous avions fixé une date et ils ne respectent pas leurs engagements… Ils se foutent de ma gueule ! Encore un jour et je lève l'ancre sans eux !

Au même moment, la radio parle enfin :

— C'est bon, mon commandant ! Ils sont sur le chemin du retour… ils seront rentrés avant la nuit…

Giuliani embrasse de son regard bleu acier le petit port de pêche en caressant sa barbe de six semaines. Hier encore, il a surpris des hommes rôdant autour du voilier.

— Combien de temps on va tenir comme ça ? On n'est pas des machines, ni des Rambos, d'ailleurs…

En cas de piraterie organisée, les fusées de détresse à bout portant ne suffiront pas à repousser les assaillants.

— C'est décidé. On taille la route dès demain ! Tout doit être prêt pour 6 heures. Je ne resterai pas une minute de plus dans ce patelin !

Puis, levant les yeux au ciel pour consulter les oracles, il redoute de nouvelles complications. Il sait que s'il se met à pleuvoir, les scientifiques vont vouloir dormir en pleine brousse plutôt que de marcher sous l'eau.

— S'ils ne se magnent pas leurs culs aussi mal branlés que leurs têtes ! peste-t-il.

Archi réprime un sourire. L'heure n'est pas à la plaisanterie, même si le langage fleuri de son chef et son don pour les imitations donnent souvent lieu à de franches rigolades.

Vers minuit, l'équipe de scientifiques arrive sous les sifflets et le chahut de quelques Indonésiens bien attaqués par la gnole locale. Le commandant fait presser le pas, l'accueil est raide :

— Pour ce soir, vous êtes dispensés de quart. Nous repartons demain aux aurores. Considérons que vous reprenez vos fonctions d'équipiers navigants à partir de demain midi. Demain soir, debriefing dans le carré à 18 heures pétantes.

Puis, fidèle à sa réputation d'homme de parole :

— Vous m'avez payé pour conduire cette expédition et vous ramener à bon port. C'est ma mission et j'entends la remplir sans faire courir de risques à mon équipage. Compris ?

Puis changeant de sujet comme s'il passait l'éponge :

— Est-ce que cette fois-ci, vous avez trouvé ce que vous vouliez ?

— Oui, mon commandant. Une forêt peau de chagrin et des grands singes exsangues..., ajoute le doyen des scientifiques, la mine déconfite...

— Quitte à se mettre dans le pétrin, autant que ça serve à des cousins éloignés !

Sacs à dos et matériel d'expédition ont envahi le carré...

— Doux rêveurs, vrais culs de singe ! Même un Dayak[1] ne voudrait pas en trophée une de vos têtes plates ! lance le commandant en quittant la pièce. Et maintenant, remballez tout ça et filez vous coucher !

À peine quelques heures de sommeil et le jour délivre ses premiers rayons. Les plus impatients sont déjà sur le pont. Plongé dans ses calculs, Archi rend compte de la situation à son chef :

1. Depuis quelques années et en raison des tensions ethniques avec les Madurais (réputés rigoristes de l'islam), les Dayaks, habitants originaires des forêts de Bornéo, renouent avec leur vieille coutume qui consiste à décapiter les têtes de leurs ennemis.

— Le niveau de l'eau n'est pas beaucoup remonté pendant la nuit. Le bateau risque très vite de manquer de fond…

— Ce qui est sûr, c'est qu'on doit quitter ce port de pêche au plus vite…, s'obstine le commandant.

— Quitte à faire marche arrière dans deux ou trois jours… concède son second. D'après les relevés topo, c'est déjà un miracle d'être remonté jusqu'ici.

Cinq marins s'apprêtent à effectuer la délicate manœuvre.

La température a baissé d'une petite poignée de degrés, un voile de vapeur d'eau monte de la forêt primaire, tandis qu'une brise accompagne les premiers rayons du soleil. Les villageoises profitent de la tiédeur du matin, pendant que leurs hommes grignotent encore quelques minutes de sommeil. Tout le monde croise les doigts…, le *Phœnix* hésite, ralentit puis repart. Dans quelques jours, ils feront le chemin inverse et quitteront définitivement la péninsule de Mangkahilat.

Amarré de l'autre côté du ponton et dissimulé derrière un rideau de végétation, un speed-boat et ses six occupants épient l'équipage… Le bateau s'éloigne.

— En ce moment, un Français, c'est ce qui vaut le plus cher sur le marché philippins… Nos clients sont prêts à mettre une belle somme. Dans quelques jours, on pourra s'asseoir sur un bon paquet d'or…, se réjouit l'homme à la carrure imposante qui se fait appeler « Maman ».

— Djalan ! Djalan[1] ! lancent-ils, comme un cri de guerre.

Le soleil atteint son zénith, lorsque Archi, rompu à la navigation et à ses dangers, repère l'embarcation. Sans

1. En avant ! En avant !

attendre, il rejoint le commandant pour lui faire part de ses craintes.

— Qu'est-ce qu'ils cachent sous leur bâche ? Ce ne sont pas des pêcheurs du coin…

Trop tard, des coups de feu claquent en l'air :

— Commandant ! On est attaqués ! Ils sortent l'artillerie lourde !

Le speed-boat s'est placé dans le sillage du *Phœnix*, un lance-roquettes pointé sur l'arrière de la coque. En deux enjambées, Giuliani est sur le pont. Il coupe les moteurs et assiste impuissant à l'abordage des six hommes, munis d'une échelle et armés jusqu'aux dents.

Du côté de Châtellerault, au même moment, un hélicoptère du GIGN balaie les abords d'un corps de ferme à la recherche d'un prisonnier qui s'est fait la belle deux jours avant. Aperçu dans un centre commercial à une dizaine de kilomètres de la ville, il s'est réfugié chez une cousine. Il est armé, dangereux et prêt à tout pour ne pas retourner en prison. De complice, la jeune femme peut vite se retrouver otage, Keller le sait. Ses hommes sont sur le pied de guerre, les yeux rivés sur leur montre, attendant l'heure réglementaire pour investir les lieux. Côté route, aucune fenêtre. Côté champ, une petite muraille et des dépendances offrent de bonnes planques.

Le capitaine teste la liaison radio et rappelle le dispositif :

— On a deux binômes dans le champ pour récupérer la target si l'envie lui prend de tâter les épis… Un appui avec deux tireurs G3, un chien et son maître, en cas de besoin…

En quelques minutes, six hommes bouclent toutes les issues. Abel, en éclaireur, s'est approché de la bâtisse.

Après un rapide coup d'œil dans la maison, Tom et son frère foncent du côté du poulailler :

— La petite porte au fond !

L'hélicoptère change de cap et vient se placer juste au-dessus du champ. En statique, il couvre toute la zone. Les blés ondulent, se couchent, forment un tourbillon. En snipers, Yann et Boris passent au peigne fin ce magma informe à la recherche du fuyard.

— Il est sûrement encore dedans, plaqué au sol. Avant de balancer la lacrymo, on laisse une chance à Pif de lui croquer les mollets ?

Prêt à bondir, le chien attend le signal de son maître.

— Boris ! Mako ! Prêts à couvrir Pif ! On se rapproche du sol !

À trois mètres, le rottweiler pousse sur ses pattes arrière, puis disparaît dans les épis battus par les pales de l'hélico. De temps à autre, on le voit réapparaître, comme s'il cherchait à prendre de la hauteur pour mieux fondre sur sa proie. Une chasse s'engage, laissant peu de chance au gibier de s'en sortir.

Samuel l'observe, confiant. Il sait que son chien ne va pas le louper. Des dizaines de fois à l'entraînement, son rottweiler est allé droit sur sa cible, évitant au tireur d'élite de tirer le moindre des coups de feu…

— Target interceptée. Un mollet pour Pif, ça ne va pas lui suffire. Ce soir le groupe 4 lui paie un bon gueuleton ! annonce le maître-chien dans toutes les oreillettes.

Les hommes ont à peine le temps de savourer leur victoire que Keller annonce un départ pour mission :

— Giraud nous attend à Satory. Cette fois-ci, pas de fest noz, on le fera plus tard. Le Groupe décolle dans quelques heures pour l'Indonésie, direction Bornéo, le plan PIRATMER vient d'être déclenché par le Premier ministre. Un bateau français a été pris pour cible par une bande de pirates.

Au Quai d'Orsay, la réunion de crise prend fin : les négociations sont au point mort. Les Affaires étrangères et la Défense sont représentées par leurs deux ministres dépassés par les événements. Le *Phœnix* a été attaqué sur les eaux territoriales, le gouvernement sur place veut traiter l'affaire avec ses propres forces d'intervention. Le GIGN et ALFUSCO[1] se tiennent prêts à cogérer la crise, si toutefois on leur donne une petite marge de manœuvre. Un commandement bicéphale auquel le lieutenant-colonel Giraud et son collègue de la marine, le contre-amiral Alban de Genest, sont habitués…

— Quelle guigne ! La Somalie la dernière fois et aujourd'hui l'Indonésie[2] qui reprend du service ! Ils nous prennent pour des tiroirs-caisses ! À coup sûr les Chinois ou Philippins derrière …

— Cette fois-ci, on ne dispose pas d'une base comme Djibouti, tonne Axel Barjac, le ministre des Affaires étrangères…

Homme mondain et impatient, jusque dans sa façon de dénouer son nœud de cravate. Plus vite le gouverne-

1. Officier général à la tête de l'état-major fusiliers commandos marine. Il relève de son autorité plusieurs commandos : Jaubert (assaut), Monfort (appui et destruction à distance), Penfentenyo (reconnaissance), Trepel (assaut), Hubert (action sous-marine), GCMC (contre-terrorisme), Kieffer (technologies de pointe).

2. Asie du Sud-Est, sous-continent indien, Afrique et péninsule Arabique, Amérique du Sud et centrale, mer des Caraïbes, aucune région n'est épargnée par ce fléau. Plaisanciers, navires de commerce et de ravitaillement sont concernés.

ment indonésien aura accepté notre présence, plus vite on pourra reprendre la main sur cette bande de forbans ! Pour l'instant on est sur un cadre légal d'attaque à main armée… Tant qu'on n'est pas dans de l'international, ils refuseront de reconnaître un cas de piraterie…

— Un TCD[1] Mistral a croisé au large de Bornéo il y a quatre jours, m'a précisé ALINDIEN[2]. On pourrait disposer de moyens aériens et nautiques au plus près de la cible, précise Alban de Genest, dépliant une grande carte de la zone.

Giraud énumère lui aussi les éléments transmis par Will Arno et la cellule « évaluation » déjà sur place :

— Tant que les pirates n'auront pas atteint leur planque ils ne tenteront rien. On doit les intercepter dans ce laps de temps…

— L'île est truffée de galeries dans tous les coins, reprend le marin. C'est pire que ce que vous pouvez connaître en Guyane sur les orpailleurs…

Le chef de la diplomatie coupe en pleine discussion :

— Banco ! On a l'accord des Indonésiens ! La France peut traiter l'affaire en direct. Une base à terre est même possible…

Le Groupe 4 et une escouade d'Hubert décollent des bases proches de Satory et Toulon. Keller recueille les dernières infos en montant dans l'avion. L'« Évaluation » lui a fait part de ses premières investigations sur le *Phœnix* : à bord, cinq marins et cinq scientifiques. Longueur : trente mètres. Largeur : sept mètres. Tirant d'eau : environ trois mètres. Ils viennent de faire le plein de vivres et de carburant. Autonomie : quatre-vingt-dix jours. Deux canots pneumatiques.

1. TCD : Transport de chalands de débarquement.
2. Amiral dirigeant la zone de l'océan Indien.

Le capitaine s'endort après avoir fait le vide. Yann dévore sa nouvelle revue de surf, qu'il a tout juste eu le temps de glisser dans son sac. Ils profitent tous deux de la climatisation, comme un bol d'air avant la chaleur humide qui va leur casser les jambes dès leur arrivée. Ils vont retrouver leurs collègues marins, avec lesquels ils s'entraînent régulièrement lorsqu'ils descendent sur Toulon. Approche maritime, assaut mer, appui hélico..., les mots se mélangent dans l'esprit de Mako. Impatient de fouler le tarmac de l'île, il se représente le pays, la situation géopolitique, les différents types de piraterie, qui varient selon que l'on se situe sur le détroit de la Sonde, de Malacca ou au large des Moluques... Tous les passagers rechargent les batteries.

Sur le *Phœnix*, le commandant s'en veut de ne pas avoir touché le moteur des assaillants à coup d'un 357 trop bien caché derrière la bibliothèque de sa cabine. Il a tout juste eu le temps d'alerter le transmetteur satellitaire ISPS. Tandis que quatre hommes, armés de Kalachnikovs et de fusils M-16, ont fait irruption sur le pont.

— Vous valez un paquet d'or! répète le chef continuellement, à court d'argument.

Le commandant observe ce groupe d'hommes agissant comme si c'était leur premier gros coup.

— Pas rassurant pour autant...

Plus aucun village à l'horizon, des kilomètres de végétation luxuriante, les cris des singes qui indiquent que la nature garde ses droits sur quelques zones reculées... et des passages que seuls des marins très aguerris réussissent à négocier...

— On va finir par s'enliser..., c'est peut-être ça qui va nous sauver!

Eduardo est resté avec les marins. Une chance ! Il est le seul à parler la langue. Beaucoup d'attente, quelques échanges entre les ravisseurs et des mots qui reviennent comme « les Philippins », ou encore « Patikul[1] ». Des ordres contradictoires, une organisation paramilitaire, un lieutenant qui tient les rênes avec autorité. Mais rien ne se fait ni même ne se décide...

Entassé dans le grand carré, l'équipage entame un quatrième jour de captivité. Qui sont-ils et que veulent-ils ? Eduardo profite d'une minute d'inattention des geôliers pour répercuter de rares infos à Giuliani.

— Ce sont des intermédiaires... Ils attendent. Quoi ? Un signe. Il parle de « la marchandise » à livrer à terre...

Le plus jeune d'entre eux, à peine seize ans, la barbe naissante, vient prendre son tour de garde. D'un signe ridicule, il brandit fièrement son arme pour s'attirer la crainte des otages. Ses amis se moquent de lui : il se vexe.

Giuliani cherche une occasion de désarmer le geôlier. À mains nues, il aurait toutes ses chances, mais l'idée de mettre en danger un de ses amis l'empêche de tenter quoi que ce soit.

— Regarde ! il a peur, ça se voit, dans d'autres circonstances, on n'en ferait qu'une bouchée !

Le commandant regarde sa montre. Dans moins d'une heure, la nuit sera tombée. Les pirates viennent de couper le moteur, une voix provenant de la salle de navigation s'échappe.

Le gardien sursaute, sans comprendre un traître mot de ce qui s'est dit.

---

1. Ville située au sud des Philippines, sur l'île de Sulu, dans la mer des Célèbes.

— *Phœnix*, ici France… Est-ce que vous m'entendez ?

Will Arno tente toutes les deux heures d'établir le contact. Lorsque celui qui se fait appeler « Maman » se décide enfin à répondre, dans un anglais approximatif. Le négociateur pense qu'il va enfin pouvoir commencer à travailler…

— C'est huit cent mille dollars pour récupérer la marchandise.

— Qui êtes-vous ?

— *No way*[1].

— Je suis le médiateur, chargé de recueillir vos revendications… Y a-t-il des blessés parmi l'équipage?

— Pas pour l'instant.

S'il ne doit en rester qu'un… ce sera suffisant pour un échange, comprend Will qui tente de nouer un dialogue et commence à gratter :

— Vous êtes un interprète ? Le chef ?

— *No way…*

— Huit cent mille dollars, c'est une somme, vous savez ? Il faut que je discute avec les chefs français… j'ai besoin de temps et de savoir comment vous envisagez la suite…

— Trop tôt. Je vous recontacte.

— Quand ?

La conversation tourne court.

Le petit homme d'une cinquantaine d'années, sec et trapu, traverse le carré, désigne le commandant et Archi, son second :

1. Inutile.

— *Capt'ain, you and you! follow me, now*[1] !

Sur le *Mistral*, Will fait le point et tente une première analyse…

— Lui-même ne connaît pas la suite. Ils sont en *stand-by*… Où se place cette bande sur l'échiquier de l'organisation ?

L'État-major est au complet. Genest et Giraud ont souhaité participer à l'opération et se sont fait tarponner[2] près du delta à l'est de Kalimantan.

— Pas mal comme chasse à l'homme, confie Giraud à son alter ego.

— On est assez proche de la prise d'otages Jolo : entre revendications idéologiques et pure crapulerie, ajoute le contre-amiral.

— Ce qui les intéresse en définitive, c'est le fric ! Il faut qu'on leur montre une fois pour toutes qu'on n'est pas des vaches à lait !

À bord, le team de négociateurs conduit par Will échafaude une stratégie pour garder le contact. L'hypothèse d'une opération à terre se précise. La présence de lance-roquettes et la densité de la forêt excluent une opération aéroportée. Une partie des hommes du commando Hubert et du Groupe a réussi à se faire larguer entre deux massifs de karst, à une dizaine d'heures de marche de l'endroit où le *Phœnix* a mouillé. Une autre équipe, en renfort, remonte la Ménubar en ETRACO[3] et prépare son assaut à quelques kilomètres en amont.

Une seule crainte pour les hommes à pied : se faire repérer des villages gouvernementaux qui bordent la

1. Capitaine, suivez-moi !
2. Saut en parachute en pleine mer.
3. Embarcation de transport rapide pour commando.

forêt et qui pourraient renseigner les pirates sur la présence de soldats étrangers dans la zone ! Tenir bon dans cet environnement hostile n'est ni un problème pour les gendarmes, ni pour les commandos marines… Une saine compétition ne tarde pas à s'organiser entre les deux troupes d'élite ; juste de quoi mettre tout le monde en condition. Le pacha Ludovic Robin et ses commandos partent avec une petite longueur d'avance… De son côté, le capitaine Keller ne doute pas une seconde qu'ils tiendront la distance.

— Avec les opérations de démantèlement de réseau en Guyane [1], on est en train de réduire notre écart sur le volet survie en jungle, l'occasion est bonne de montrer aux marins qu'Ouvéa est loin derrière !

Puis, se retournant vers Alex en plaisantant :

— C'est le moment de mettre ton passé de légio en avant !

Pendant des heures, la quinzaine d'hommes s'est frottée à la jungle, contournant largement les pistes pour ne croiser personne. Des rideaux de lianes enchevêtrées, une forêt primaire sans soleil, dense de la cime des arbres aux racines noueuses émergeant du sol. Un chaos boueux et monochrome qui n'offre aucun répit, seules quelques pauses volontairement courtes redonnent un peu de force et de réconfort. Ils ont franchi des rivières saturées de moustiques attirés par des peaux humides, ils ont cru ne jamais sortir du bourbier. Alex a retrouvé sa seconde nature, comme si son cerveau s'était mis aussitôt en mode « jungle ».

1. Depuis 2007, un effort de lutte contre le trafic d'or en Guyane est dévolu au GIGN.

— Économisez-vous et acceptez ce qui vous entoure… Plus vous avez chaud…, plus vous avez chaud ! Tout se démultiplie ici… Tout est propice à l'obsession.

Petit à petit, chacun dose ses gestes. Alex tend l'oreille et invite les autres à en faire autant.

— Vous entendez ce vacarme ? La jungle joue sa propre musique… Cherchez à vous calquer sur elle. On ne vous entendra plus. Apprenez à sentir l'approche de la pluie, la direction du vent, la proximité de la mousse… la jungle vit et les hommes d'ici dialoguent avec elle.

« C'est un caméléon ! » observe Keller en silence.

Au moment du recrutement, certains se demandaient si un légionnaire avait sa place au sein du GIGN…

— Trop grande gueule pour faire un bon sous-off ! se souvient avoir entendu le capitaine à plusieurs reprises.

Une fois encore, le temps lui a donné raison : il est devenu incontournable au groupe 4, sa rusticité et son sens du terrain se révèlent être un véritable atout.

Alex repère une rivière qui disparaît sous la route et réapparaît à une cinquantaine de mètres en contrebas.

— On va la remonter. Elle va nous mener tout droit au meilleur point d'observation.

Au bout d'une demi-heure de marche et autant d'observation du paysage, il livre ses conclusions :

— La roche change d'aspect et le débit de l'eau remonte. Ça ne m'étonnerait pas qu'on débouche sur une série de grottes. On n'est plus très loin du fleuve et on va pouvoir installer notre base arrière à l'abri des grosses pluies et des chasseurs d'hirondelles qui pourraient nous balancer…

Un voile de fougère peine à dissimuler une arène creusée dans la roche. Un porche naturel indique l'entrée d'une belle cavité…

— Les contreforts d'une galerie souterraine… On est dans la zone des « grottes à sépulture » ! s'exclame l'ancien légionnaire, soulagé de s'être repéré dans ce labyrinthe.

Assis sur des grosses pierres, Yann et Boris récupèrent. L'air est saturé d'humidité, les moustiques s'attaquent au moindre centimètre carré de peau laissée à l'air libre…

« La nuit risque d'être longue et pénible… », redoutent-ils chacun de leur côté.

Le capitaine tente de joindre le chef Arno par satellitaire pour établir un nouveau point de situation :

— Quelque chose cloche… Malgré plusieurs tentatives, je n'ai plus aucune nouvelle… Le mec fait le chef mais à mon avis, il est un intermédiaire. Sans doute le dernier de la tête du réseau. Mais ça n'est sans doute pas avec lui que nous allons devoir traiter. Avec qui ? C'est toute la question…

— Sauf si on les cueille dans le nid ?

— Je n'ai pas eu le commandant du bateau. Et je n'ai plus le chef non plus. Ils ont scindé les otages en deux, maintenant j'en suis sûr. Ça me paraît crédible qu'ils en balancent une partie à un échelon supérieur du trafic pour s'assurer une monnaie d'échange.

— Et là on part sur des longues semaines de négo… une rançon à payer et une belle incitation à l'enlèvement dans la région, confirme Will. Les autorités indonésiennes veulent clairement une opération coup de poing le plus vite possible… quitte à sacrifier quelques otages…

— Il faut éviter un débarquement en jungle...

Keller et ses compagnons choisissent d'installer leur camp de base dans ce cirque vierge de toute trace humaine. Le GPS indique qu'ils sont à proximité du bateau. À la nuit tombée, Yann et Boris partiront avec deux nageurs d'Hubert faire une reconnaissance complète du terrain.

— En espérant que le crocodile se dompte aussi bien que le requin ! plaisante Yann.

Au fond de la cavité, l'entrée d'une grotte offre un abri naturel aux chauves-souris et autres renards volants. Le capitaine de corvette Robin, surnommé le « Pacha[1] » et qui dirige l'escouade de commandos, avertit ceux qui seraient tentés d'y installer leur couchage à même le sol :

— C'est une galerie fossile, autant dire un nid à merde ! Si vous voulez éviter d'attraper la mort, ne dormez pas là-dedans, restez en lisière. C'est généralement infesté de leptospirose.

À bord du *Phœnix*, Eduardo prétexte un malaise et obtient de passer quelques minutes sur le pont. Il est inquiet. Ce matin, Giuliani et Archi ont été séparés du reste de l'équipage ; nul ne sait où ils ont été emmenés à cette heure. Le chef des pirates manque lui aussi à l'appel. Les hommes sont nerveux, fébriles, en sous-effectifs.

— Allez, vas-y ! Vomis tes tripes une fois pour toutes ! Blanc-bec !

1. Les chefs d'escouade commando portent dans la marine le titre de pacha.

Le scientifique scrute les moindres indices et tend l'oreille. Une ombre immobile se tient sur le pont, adossée au mât de misaine, silencieuse, presque inoffensive.

— Les canots de sauvetage sont encore là, constate Eduardo. Mais ça ne veut rien dire... Ils ont pu les débarquer avec leur propre *speed-boat*... Ils ont opté pour le cœur de la jungle pour s'assurer un repli... Qui mieux qu'eux connaît les dédales de la forêt de Bornéo ?

Le chercheur ferme les yeux et entend les animaux tout proches. D'une rive à l'autre, ils se répondent et observent ce navire fantôme. Les villages sont loin et les rares tribus réfugiées dans la jungle évitent de s'aventurer de ce côté de l'île.

Les deux gardiens tirent fébrilement sur leurs cigarettes et chuchotent quelques mots. Dans la nuit, Eduardo se rapproche...

— Tu m'en donnes une ?

— Viens la prendre, Maman m'a interdit de bouger...

— Maman... Mais qui est Maman ? se demande le primatologue, accommodant sa vue aux petites lueurs incandescentes qui viennent rougir des parcelles de visages à chaque taffe.

Une partie du matériel d'expédition est rassemblée sur le pont... les hommes semblent presque abandonnés à leur sort.

— Où ils sont maintenant ?

— En route vers les Philippines..., répond le pirate en jetant un regard du côté d'Eduardo... Maman a choisi les leaders. Il a pris les plus chers pour le groupe qui veut nous les acheter...

— Qu'est-ce qu'on attend, alors ?

— Le fric ! Après on disparaît. En trois heures, on est introuvables... Le bateau, on va le laisser ici avec tous les occupants, en coupant les liaisons avec l'extérieur… sans canots et avec tous les crocos, le temps qu'ils remontent la rivière, on sera déjà loin !

Pour le professeur, tout devient clair. S'ils ont conservé la liaison radio c'est pour négocier, mais c'est aussi pour traiter avec des plus pros et plus puissants qu'eux. Ils font monter les enchères pour ramasser les miettes…

— Ils vont disparaître dans le ventre de la terre…

Eduardo comprend le plan des pirates, la disparition de ses amis. Il ferme les yeux pour profiter de l'air frais quelques minutes de plus. Il n'en revient pas ! Ils ne sont que des appâts pour une plus grosse transaction.

Une ombre passe à tribord. Les hommes sont à cran, prêts à lâcher une rafale.

— T'as vu ce mastodonte ? Tu sais ce qui peut t'arriver si « Maman » apprend que tu bavardes… Tiens-toi à carreau, si tu ne veux pas finir dans le ventre d'une de ces bestioles…

La conversation entre les deux hommes tourne court. Chacun scrute les berges d'en face avec anxiété. Et si en ce moment même ils étaient observés ? Eduardo doit redescendre…

À trois cents mètres en aval, deux silhouettes sortent de l'eau et rampent jusqu'aux premiers arbres. Le binôme ne s'est pas attardé dans cette eau infestée de piranhas et de crocodiles : juste le temps qu'il faut pour constater que le commandant et son second ne sont plus sur le bateau et que les pirates ne font pas le poids face aux commandos.

Yann et Boris ne tardent pas à repérer l'embarcation

qui a permis l'assaut, sous un amas de branches enchevêtrées et de grandes feuilles de palme.

— Ils ont accosté de ce côté ! constate Boris. Ça nous épargne quelques kilomètres de marche pour contourner la flotte…

— Ça veut dire aussi qu'on peut tomber nez à nez sur eux, n'importe quand.

— Il va falloir redoubler de vigilance dans la verte !

— On repasse la zone au peigne fin et on remballe ! propose Yann.

Plus loin, des traces fraîches. Près du speed-boat, Boris scrute le moindre indice laissé par les otages.

— Giuliani a dû tout faire pour laisser des « petits cailloux »…

Boris retrace peu à peu un bout de chemin qui s'enfonce dans la forêt. Adossé à un arbre, il tente de repérer un désordre inhabituel dans cette luxuriance…

— On ne sait jamais… dans ces circonstances on doit avoir le réflexe du Petit Poucet !

Sans un bruit, sans un déplacement d'air, une main vient se poser sur son épaule…

— Yann, c'est toi ? sursaute Boris.

— Banyak Buaya !

Un visage apparaît dans une lumière de lune… L'homme, pas plus grand qu'un enfant et sec comme un morceau d'écorce, sourit et reprend dans un anglais hésitant :

— *Crocodile ! Very dangerous area !*

Puis, dans un deuxième temps, observe l'accoutrement des hommes armés et camouflés comme des guerriers sortis d'un autre âge. L'Indonésien, impassible, pose son bâton et reprend tout doucement…

— Une grosse femelle a croqué la jambe d'un enfant la semaine dernière... Mort... Affreuses souffrances...

Yann et Boris n'en reviennent pas... Qu'est-ce que ce vieil homme trafique à proximité du *Phœnix*, en pleine nuit, le nez au vent ? Méfiants, ils gardent une main sur leur holster.

— Mais pardon ! reprend l'inconnu. Mon nom est Gua, je suis dayak et chasseur... d'hirondelles ! précise-t-il avec malice.

— Ah ouais... et moi je suis pape ! s'exclame Boris, pas complètement convaincu.

Gua enchaîne avec un certain pragmatisme :

— Ceux qui ont pris vos amis sont aussi mes ennemis ! Ils me volent mon pain quotidien !

— Tu sais où sont ces hommes ? demande Yann.

— Dans mes grottes !

— Où ça ? enchaînent les deux gendarmes à l'unisson.

— À trois kilomètres si on ne connaît pas ! À deux pas quand on connaît les raccourcis !

Gua regarde la mini-station météo des hommes en noir et lève les yeux au ciel :

— Elle se trompe votre machine. Dans deux heures, il va pleuvoir.

Puis plonge son regard rieur dans celui de Yann et envisage les deux hommes de la tête aux pieds.

— Quel est ton nom, « Homme poisson » ?

— Yann, répond « Mako » interloqué.

— Et toi ! « Homme-ours », là !

— Lui, c'est Boris... Tant qu'on ne vient pas le chatouiller, il ne fait pas de mal à une mouche.

— Requin contre crocodile ? C'est le croco qui gagne ! affirme fièrement le vieil homme... Vos amis vous attendent.

Au camp de base, Keller et Robin règlent les derniers détails de la double opération qu'ils lanceront dans les prochaines heures en attendant de connaître les dernières investigations du binôme manquant. Le capitaine du GIGN résume la situation :

— La négo est au point mort. Si on veut reprendre les choses en main, on quadrille la jungle et lance la reprise de navire au plus vite !

— D'après nos infos, le commandant Giuliani et son second sont des garçons solides, capables de tenir la distance... C'est aussi pour cette raison qu'ils ont été débarqués... Nos forbans savent qu'ils ne vont pas craquer en route et qu'ils peuvent s'enfoncer dans la verte sans traîner des boulets derrière eux..., ajoute le Pacha.

Au même moment, débarquent les deux hommes en compagnie du vieux chasseur :

— Il s'appelle Gua. Il est chasseur de nids d'hirondelles et il se propose de nous aider ! Je pense que nous aurions tort de nous en priver..., indique Boris à ses camarades éberlués.

Sur le versant opposé, Giuliani compte les heures qui le séparent du matin. La progression en jungle s'est brutalement interrompue après une poussée de fièvre d'Archi : il a fallu le hisser à une dizaine de mètres du sol, dans une des nombreuses niches qu'abrite l'île de l'archipel. Le commandant est inquiet, il a refusé de poursuivre et demande expressément un médecin. Le bras de fer est âpre, les pirates ne s'avouent pas vaincus.

Ils acceptent d'observer une pause, mais l'état du plus faible ne s'arrange pas, ils le laisseront pour mort, et reprendront la route.

« Maman » hésite entre abandonner les hommes en pleine forêt ou faire machine arrière et remonter sur le bateau pour reprendre les négociations, là où il les a laissées…

De son perchoir, le chef observe la masse des cimes qui ondule au gré du vent et des averses et se croit à l'abri. Il cherche une porte de sortie :

— Les Philippins ne répondent plus… Trop dangereux selon eux…

Au loin, des taches sombres indiquent une déforestation galopante qui gangrène le pays. Les populations, contraintes de se déplacer, viennent dépérir dans des villages gouvernementaux.

Un hélicoptère s'approche, survole la zone, puis s'éloigne à nouveau. Le chef ne le perd pas de vue et fixe le ciel, pendant de longues minutes, jusqu'à le voir disparaître dans la nuit.

— Ici, personne n'aura l'idée de venir nous chercher ! déclare Maman pour se rassurer.

Trompeuse, l'entrée de la grotte dissimule des galeries plus profondes qui parfois communiquent sur plusieurs niveaux. Allongé au fond, Archi épuise les réserves en eau du groupe à lui tout seul.

— Sans soin, il sera mort dans moins de deux jours, redoute le commandant.

Sur le radar du *Phœnix* c'est le calme plat. Les trois ravisseurs restés sur le bateau commencent à trouver le temps long. Les commandos ont prévu une approche discrète pour s'emparer des assaillants et ont opté pour des petites embarcations de type « Fortuna » qu'ils gonfleront à la dernière minute à l'aide de bouteilles d'oxygène. Tandis que la deuxième équipe constituée du GIGN organise l'assaut dans la grotte. Le mot résonne dans l'esprit de Keller. Ouvéa[1], avril 1988... Tous les gendarmes, jeunes ou anciens, connaissent en détail cet épisode à la fois héroïque et tragique des hommes morts au combat... Le commando d'Hubert était déjà là, avec le 11e choc... « Une victoire dantesque », rapportent ceux qui ont survécu à l'assaut sanglant.

— Gua a dit vrai...

Autour de Keller, chacun écoute les consignes du chef.

— On va opter pour une descente en rappel sur soixante mètres. La cavité est assez large pour permettre à deux hommes de descendre en simultané. C'est Tom et Abel qui s'y collent en premier. Suivent de très près les autres... On ne va leur laisser aucune chance de bouger le plus petit doigt...

Sur le pont du bateau, un seul homme peine à rester éveillé et fait des allers-retours dans la timonerie pour tuer le temps. Les deux autres sont descendus calmer l'équipage enfermé dans un air vicié depuis six jours. Les femmes craquent et, malgré quelques coups de crosse, les hommes les plus solides refusent désormais d'obéir à leurs geôliers. Pour les commandos qui se sont

1. Le 22 avril 1988, la gendarmerie de Fayaoué en Nouvelle-Calédonie est attaquée par un groupe d'indépendantistes. Quatre gendarmes sont tués. S'ensuit une prise d'otages dans une grotte en pleine forêt. Le capitaine Legorjus, du GIGN, est chargé de mener les négociations avec le chef du commando, Alphonse Dianou. Le 5 mai, l'exécutif ordonne l'assaut par le Groupe. Pendant cette libération, dix-neuf Kanaks et deux militaires du 11e Choc sont tués.

peu à peu rapprochés du navire, la difficulté de la mission va moins résider dans cette reprise de vive force que dans une coordination parfaite entre les deux assauts à distance…

Quatre hommes palmés se collent à la coque comme des ventouses, écoutent et localisent une dernière fois les preneurs d'otages.

— Rien n'a bougé, renseigne l'équipe à terre qui observe le pont et constate l'absence d'allées et venues en surface…

En dessous, les plongeurs, munis d'appareils respiratoires à circuit fermé, évoluent sans la moindre remontée de bulles.

— Il y en a un qui s'excite sur sa radio et qui commence à s'affoler…, constate un des plongeurs.

Sur la planchette « compas-montre », le plongeur de tête constate qu'ils sont sous l'eau depuis un bon quart d'heure.

— On y va ! Jusque-là on a été plutôt vernis… il s'agirait pas de réveiller les crocodiles…

En silence, les hommes remontent à la surface. À l'aide d'un lance-grappin, ils fixent l'échelle spéléo. Le pirate vient de ressortir de la timonerie et observe les gréements repliés. Un petit cliquetis l'a fait sortir de sa torpeur, il cherche à comprendre d'où vient ce bruit. Sur le pont presque désert, l'homme s'avance… un pas de plus, happé par-derrière, il se retrouve face contre terre et bâillonné.

— Pont clair…, reçoit Cyril, spécialiste des combats en milieu clos [1].

Le couloir qui dessert les cabines est vide lui aussi…

1. GCMC : Groupe de combat en milieu clos, spécialisé en contre-terrorisme maritime et en assaut nautique.

« Ça sent le sale comité d'accueil..., pense-t-il. Ça craque de partout. On va oublier l'effet de surprise... »

Seules deux cabines sont closes. Une odeur de transpiration et d'urine saisit le binôme, les veilleuses sont éteintes : à tâtons, ils se rapprochent de la salle des commandes.

— Où sont-ils ? On les a pourtant entendus parler sous la coque ?

Une porte s'entrouvre... Prêt à tirer, Cyril baisse son arme. Son trait de laser s'est posé sur un coin de visage. Une femme le regarde, interdite. Il jette un œil dans la pièce et prend le temps de compter.

— Cinq. Et les autres ? chuchote-t-il.

« À côté... », lit-il sur les lèvres de la jeune femme.

Y a-t-il des otages-boucliers ? Il est trop tard pour le savoir...

— Équipe 2 s'engage dans l'escalier opposé.

— On va les prendre en tenaille... Ils sont restés dans la salle des commandes.

À bâbord, l'escalier en colimaçon débouche sur la cabine qui abrite les deux pirates.

Une lueur bleutée pénètre à travers les hublots, rompant avec l'obscurité des premiers instants. Dans l'étroit couloir, les commandos procèdent à l'évacuation avant l'assaut. Des silhouettes rasent les murs sans chercher à savoir ce qui se trame. Un à un les scientifiques et les marins regagnent l'ETRACO qui doit les conduire en lieu sûr.

À nouveau l'oreillette parle :

— Vous pouvez y aller ! Ils n'ont pas eu le temps de prendre un otage avec eux... Ils sont tous hors de portée.

La voie est libre. Une seule inconnue : la capacité de riposte.

Une rafale de Kalach' transperce la porte. Les balles viennent se loger directement en face, dans le coin cuisine. Un bruit assourdissant dans ce petit placard qui fait office de salle des commandes. Cyril prévient le binôme qui vient en renfort à tribord de rester en couverture :

— Ils sont fous ces gars ! En pleine panique… On les laisse défourailler, ils vont se déloger d'eux-mêmes…

Le contenu d'un autre chargeur atterrit dans la batterie de cuisine… La porte claque. Le verrou a cédé…

— La peur réflexe ! Ils vont vouloir sortir… On va les cueillir !

Cyril se retrouve à portée et à hauteur du canon d'un HK qui dépasse de la cabine.

« Surréaliste ! » pense-t-il sans oser se saisir du canon…

De l'autre côté le binôme « ami » lui fait signe d'y aller… Cyril saisit l'arme : le pirate s'accroche, ses deux jambes sont fauchées par un commando venu en renfort.

Son complice posté derrière lui se décale et tire. Cyril, touché à la main droite, cède sa place à ses coéquipiers. Isolé, les tympans percés et le chargeur vide, l'homme comprend qu'il lui faut rendre les armes, s'il veut la vie sauve.

Au même moment, à quelques kilomètres de là, Maman fait les cent pas… Les Philippins ne répondent plus à ses appels.

Depuis que l'hélicoptère est passé une première fois, il sait que l'étau se resserre. Sa dernière carte : exécuter un otage et le faire savoir…

Giuliani tente autre chose :

— Vous savez qu'ils vont venir nous chercher…

Aucune réaction du chef…

— Sauvez-vous et laissez-nous dans ce trou. Je resterai avec mon ami. Vous pouvez encore disparaître dans la verte !

Maman hésite. Il sait que le commandant a raison et que cette aventure vire au cauchemar… Mais comment garder la tête haute ? Que font à cette heure ses hommes sur le *Phœnix* ? Toutes ces questions se bousculent… Il se demande comment il est passé de trafiquant de bois à trafiquant d'hommes et pourquoi ?

Des éclairs silencieux se répondent d'une vallée à l'autre alors que quelques gouttes viennent compliquer l'intervention…

— Une fois de plus, Gua avait raison…, constatent les tireurs.

À plat ventre, le capitaine jette un dernier coup d'œil à la paroi :

— Une vraie lame de rasoir ! Pourvu que les cordes tiennent le coup et que ça parpinne [1] pas trop !

Abel et les autres vérifient leur équipement et contrôlent une dernière fois les rappels.

Deux fois deux. Ils sont quatre dans les starting-blocks. À cent mètres leurs camarades les couvrent, et les guident à l'oreillette. Munis d'une Simrad à intensificateur de lumière, ils se sont postés en lisière. Dans la masse sombre, Boris et ses collègues, postés en lisière de forêt, ne quittent pas des yeux les ravisseurs.

— Abel de Boris… J'ai trois mecs dans le viseur. Target 1 et 2 à l'entrée. Target 3 mobile. Les deux clients sont au fond… Je distingue une ombre assise, souffle Boris, sans doute le commandant. Dans l'axe ! Restez

1. Se dit d'une paroi de roche friable d'où s'échappent facilement des pierres en alpinisme ou canyoning.

bien dans l'axe... On va shooter les deux premiers pour vous nettoyer l'ouverture... Ils ont chacun un UZI[1] en main et un lance-roquettes est pointé, pile dans notre direction.

Les premières lueurs percent çà et là derrière des nuages de plus en plus bas.

— On amorce la descente !

— Plus lentement, les gars... Vous devez vous arrêter avant le dernier bond ! Je vais compter...

« Bonne tactique », acquiesce Keller qui se fait confirmer que tout est prêt en zone « Phœnix ». Boris ne quitte pas des yeux les deux silhouettes qui glissent agilement le long de la façade... quand un des gardiens se lève et fixe la forêt...

— On ne bouge plus, les gars ! On se colle à la paroi comme des ventouses... Abel, la target 1 est juste en dessous, à moins de deux mètres sous tes talons ! chuchote le tireur.

Abel stoppe tout net, se cogne, une vive douleur contracte sa jambe. D'instinct, il se penche pour toucher. Du sang et une grosse entaille sur le côté ; le karst est venu entamer sa chair en profondeur.

L'homme s'attarde, rallume son mégot de cigarette, se dégourdit les jambes et regarde le ciel menaçant...

« À cette distance, il ne peut pas nous voir... », songe Boris.

— Pourvu qu'un bout de karst ne lui tombe pas sur la tête..., redoute Alex.

— Tenez bon, les gars... Ça se rassoit..., renseigne Alex.

---

1. Pistolet-mitrailleur entièrement métallique, inspiré du pistolet tchèque M23, mis en service par l'armée israélienne dans les années 1950.

Tom interroge son frère du regard : « Ça va aller ? » D'un geste de la main, Abel le rassure…

L'homme se rassoit. Boris lance le décompte…

— Top action !

Alex tire. Les deux hommes sont traversés d'une balle et s'effondrent. L'un, placé trop près du vide, chute d'une vingtaine de mètres et atterrit sur le dos, au pied de la falaise. L'autre tombe à la renverse, gémit, salement touché. Le chef crie sa rage, saisit son arme d'une main et un couteau de l'autre. Traqué comme une bête, il se retourne, aveuglé par une fumée qui lui attaque la gorge et les yeux. Des trombes d'eau s'abattent sur les hommes suspendus dans le vide.

— Encore dix secondes…, précise Boris.

Un doigt sur la détente, Tom pose les deux pieds sur le sol rocailleux…

— Il était moins une !

Un souffle d'air frais lui caresse le côté droit du visage…

— Une galerie au fond ? Gua n'en a pas parlé… Où est le chef, bordel !

Quatre contre un.

— On le tient !

Une odeur de terre se mêle à celle de la poudre. Giuliani ne pense qu'à une chose : protéger Archi des balles. Au moment de l'attaque, le chef du commando lui faisait face à une dizaine de mètres, peut-être quinze. Plaqué au sol, il mord la poussière, voudrait tousser, mais sait que le moindre bruit peut indiquer leur place. À tâtons, il cherche son ami. Les mains d'Archi sont froides…, les siennes sont moites.

« Ou bien la fièvre est tombée ou il est en train de nous quitter… », se dit-il. Archi a soif, trop faible pour parler. Sa volonté l'abandonne, il voudrait se laisser glisser. La présence de son ami le maintient éveillé. Mais pour combien de temps ?

La fumée se disperse. Maman s'est rapproché. Il l'entend respirer, tout près de lui. Il le devine presque.

Derrière lui, une présence se fait rassurante :

— Bouge pas, ami ! Il est cuit, chuchote Abel.

L'homme connaît les lieux. Il sait où se placer sans être vu.

— Y a un renfoncement plus loin, en forme de coude…

— Boris de Abel. Il s'est foutu au fond de la grotte. Je vais le chercher. Silence radio.

Muni d'une lampe infrarouge à laser invisible, il éclaire la poussière décollée par les impacts.

— De la purée de pois !

Abel écarquille les yeux pour y voir quelque chose. Son palpitant est redescendu. Tous ses sens sont en éveil. Il baisse son centre de gravité. À un mètre du sol, il distingue les contours du fameux « coude »… Des appels à l'extérieur lui parviennent. Il se concentre sur sa traque. Qui va tirer en premier ? Une seule paroi le sépare maintenant de son adversaire. L'homme tapi l'attend… Il ramasse une pierre et la lance sur la paroi en face.

Une rafale vient entamer la roche à sa droite.

« OK ! il est bien derrière ce mur. Un bond et je tombe nez à nez sur lui. »

Son arme tenue à deux mains, il se rapproche au plus près de l'angle en évitant de se découvrir trop vite. Il se jette en avant, pivote et, dans un mouvement de bas en haut, vient le cueillir sous la mâchoire avec son arme.

— *Don't moove !* crie-t-il pour bien se faire comprendre de l'homme qui n'oppose plus aucune résistance.

— Abel, clair ! annonce-t-il.

Place au silence. Des voix grésillent à nouveau dans son oreillette, d'autres plus proches échangent quelques infos.

Keller vient faire son tour d'horizon :

— Dispositif levé ! autorise-t-il après quelques minutes, tout en s'accordant une petite descente en rappel en guise de récompense.

Les bras tendus vers le ciel, Éric Giuliani réceptionne Archi, descendu le long de la façade dans les bras de Boris.

— Ne vous en faites pas, un hélico arrive d'une minute à l'autre. Il va être transféré sur le *Mistral* qui dispose d'un hôpital flottant.

— Quant au reste de l'équipage, rassure le capitaine, vous pouvez être tranquilles : ils sont tous sains et saufs et regagnent eux aussi le delta de Kalimantan.

Les bruits de la forêt ont remplacé ceux de l'assaut. Dans la moiteur de la jungle, le capitaine Keller, fier du travail de ses hommes, perçoit dans les yeux des rescapés une éternelle reconnaissance. Dans son cœur et dans celui de ses compagnons d'armes se mêlent des sentiments contradictoires : un engagement sans faille et une réelle humilité face au danger.

Keller ne compte plus les années loin des siens et de sa maison. Un record ! C'est sûr. Il observe le Groupe dans ce décor de fin du monde. Tom, pendu à son portable, raconte l'assaut à Will Arno avec force détails, la Tronche tente de rassurer les rescapés encore sous le choc. Boris tend une bouteille d'eau à Maman, tandis qu'Abel jette un œil à la plaie du pirate blessé. Le troisième est mort, victime de sa chute. Alex range le matériel d'intervention en attendant que le Puma récupère tout ce petit monde. Yann s'est enfoncé dans la forêt à la recherche de Gua, disparu dans la nature aussi discrètement qu'il est apparu...

Avant que son ange gardien ne l'abandonne... Keller envisage l'après. Pour la première fois, il s'imagine ailleurs. Toujours en première ligne, il veut servir autrement, à visage découvert, sans carapace. Passer de l'ombre à la lumière. Quitter l'anonymat. Un nouveau défi long et solitaire se profile. Aujourd'hui, il regarde ses hommes, comme un père qui réalise que ses enfants ont grandi trop vite, à la fois fier et nostalgique.

Dans une dizaine de jours, les nouveaux candidats vont se presser devant les grilles de Satory. Seule une poignée d'élus sortira brevetée. Giraud compte sur son capitaine pour tailler dans le vif et assurer la relève. Cette nouvelle quête du Graal vaut tous les sacrifices. Murder Rose attendra, une année encore.

Remerciements

Je tiens à remercier le général Denis Favier, chef du GIGN, et le lieutenant-colonel Frédéric Gallois, chef de l'état major des opérations, ainsi que tous les éléments du Groupe, en particulier le groupe 4, la cellule négociation ainsi que la cellule communication. Merci au SIRPA gendarmerie.

Je remercie également Michel Bernard, Dominique Martial, le docteur Michel Lacour, Igor et Angelo, l'AJD (Association des journalistes de défense) et son président, Frédéric Pons.

Merci à tous ceux, civils et militaires, que je ne peux pas nommer, qui m'ont apporté leur expertise et leur connaissance du terrain, et qui se reconnaîtront.

Merci enfin à ma famille et à mes amis, qui m'ont soutenue dans cette entreprise...

Table

Cet ouvrage a été composé et imprimé par

CPI
Firmin Didot

Mesnil-sur-l'Estrée

pour le compte des Éditions Robert Laffont
24, avenue Marceau, 75008 Paris
en janvier 2009

Dépôt légal : janvier 2009
N° d'édition : 49132/01 – N° d'impression : 92245
Imprimé en France